KB237169

武白
일루트 新무협 판타지 소설
FANTASTIC ORIENTAL HEROES

무백 1
일 류 新무협 판타지 소설

초판 1쇄 찍은 날 § 2013년 7월 16일
초판 1쇄 펴낸 날 § 2013년 7월 23일

지은이 § 일 류
펴낸이 § 서경석

편집부장 § 권태완
편집책임 § 정수경
디자인 § 이혜정

펴낸곳 § 도서출판 청어람
등록번호 § 제1081-1-89호
등록일자 § 1999. 5. 31
어람번호 § 제2-2362호

주소 § 경기도 부천시 원미구 심곡2동 163-2 서경B/D 3F (우) 420-822
전화 § 032-656-4452팩스 § 032-656-4453
http://www.chungeoram.com
E-mail § chungeorambook@daum.net

ⓒ 일 류, 2013

ISBN 978-89-251-3373-7 04810
ISBN 978-89-21-3372-0 (세트)

武

무백

일륜 新무협 판타지 소설

FANTASTIC ORIENTAL HEROES

目次

序

대설산(大雪山) 정상.

너른 땅에 오랜 시간 내린 눈이 굳고 얼어 만들어진 평지.

눈발이 바람에 날려 평지 가장자리까지 미끄러진다.

봉긋하게 솟은 투명한 열 개의 얼음덩어리에 미끄러진 눈들이 쌓인다.

바람 외엔 모든 것이 하얗게 침묵하고 있는 곳에 열 개의 투명한 무덤이 놓여 있었다.

틱—

바람소리와 구별되는 미세한 균열음.

열 개의 무덤 중 가장 마지막 것에서 난 소리였다.

소리는 무덤의 균열과 함께 점점 커졌다.

열 번째 무덤 표면에 생긴 금은 곧 벌어지며 작고 하얀 물체를 토해냈다.

쑥―

작고 하얀 조막손 하나, 이어서 하나 더.

벌어진 틈 양쪽을 잡은 조막손은 하얀 머리를 밀어냈다.

서너 살쯤 된 아이의 모습이 나왔다.

몸을 완전히 밖으로 빼낸 아이의 하체에 검푸른 옷자락이 끌려 걸려 있었다.

후우웅―

칼바람이 아이의 몇 올 있지도 않은 머리카락을 날렸다.

금방이라도 얼려 버릴 것 같은 바람이었으나 오히려 아이의 몸에선 김이 모락모락 피어났다.

땅을 짚은 조막손 두 개가 몸을 앞으로 당겼고 무복과 무복에 달린 물건 하나가 밖으로 달려 나왔다.

검푸른 무복과 한 자루의 검.

으드득―

다섯 걸음이나 기었을까?

아이의 몸에서 기음이 흘러나왔다.

뼈가 뒤틀리는 음향이었고 아이는 그 자리에서 굳은 채 꼼짝도 하지 못했다. 기음은 계속됐고 아이는 몸부림치며 괴로워했다.

양팔과 양발이 뒤로 돌아갔다 제자리를 찾고 목과 등이 맞닿기라도 하듯이 접혔으며, 가슴은 무언가 튀어나올 것처럼 불룩불룩거렸다.

그러나 아이는 울음조차 터트리지 않았다.

몸부림 때문인지, 아니면 아이의 몸에서 나온 열기 때문인지 빙하라 해도 과언이 아닐 정도로 얼음 바닥이 녹아내렸다.

아이의 몸부림은 반각 정도 계속됐고 듬성듬성 나 있던 얇은 머리카락도 굵어졌다. 변화는 머리카락만이 아니었다.

무덤에서 갓 나왔을 때는 서너 살 정도로 보이던 아이의 몸이 몸부림이 끝났을 때는 다섯 살이라고 해도 믿을 수 있을 정도로 자라 있었다.

신체 변화에 고통스러워하던 아이는 이내 천천히 일어나 양발로 걷기 시작했다.

역시나 한 손엔 무덤에서 가지고 나온 검푸른 무복이 들려 있었다. 마치 자신의 탯줄이라도 되는 양 꼭 쥐고 놓지 않은 것이다.

아이, 이젠 소년이라고 해도 될 정도로 순식간에 자란 아이에게서 일어난 신체 변화는 거기가 끝이 아니었다.

걸은 지 채 일각(一刻)도 되지 않아 기이한 음향이 또다시 시작된 것이다.

소년으로 자란 아이는 괴로워 입을 쩍 벌린 채 연신 꺽꺽대며 침을 흘렸다. 그러나 신체 변화는 멈추지 않았고 전신에선 여전히 수증기가 피어났다. 머리를 가리던 머리카락은 곧 목 부근까지 내려왔고 굵기도 더 굵어졌다.

양발로 선 상태라 바닥의 녹는 정도는 덜했다.

이번 신체 변화는 처음보다 빨랐다.

기음이 끝났을 때 그 자리에 선 사람은 여덟 살 가량의 소년이었다.

벌써 두 번.

소년은 자신의 몸에 무슨 일이 일어났는지 전혀 모르는 듯 다시 움직이기 시작했다.

뒤쪽에 남아 있던 신체의 잔여물이 먼지가 되어 바람과 함께 사라졌다.

그리고 얼마 지나지 않아 소년의 몸에선 또다시 뼈가 뒤틀리는 기음이 흘러나왔다.

세 번째였고 네 번, 다섯 번…… 여덟 번.

산 중턱을 지나 초입 가까이 다다랐을 때는 소년이라고 할 수도 없는, 헐렁하던 무복이 얼추 맞기까지 한 청년 한 명이 되어 있었다.

또렷한 이목구비에 맑은 눈빛, 태어나 한 번도 빛을 보지

못한 것 같은 투명한 피부에 헌앙한 키, 십오륙 세로 보이는
청년이었다.

여덟 번의 신체 변화를 통해 성장한 것이다.

청년은 산 아래에 시선을 고정시키고 있었다.

"…았다."

알 수 없는 한마디 말이 청년의 입술을 비집고 흘러나왔다.
누구를 부르는 것 같기도 하고 머릿속에 떠오른 것을 막연히
흘려낸 것 같기도 했다.

청년이 숨을 크게 들이마셨다.

뜨거운 불덩이가 단전과 명치 부근과 머리 위쪽에서 느껴
진다. 지금까지 겪은 불덩이들과는 다른 느낌이었다.

여덟 번의 불덩이들은 이미 몸속을 제멋대로 헤집고 다니
다 어디론가 숨은 뒤였다.

그 정도 했으면 불덩이 정도는 아무렇지도 않아야 하는데
이번 것은 좀 더 특별하게 느껴진다.

살아 있다는 것을 확실히 알게 해주는 느낌.

살았다. 그 말이 그래서 흘러나온 것이다.

청년의 기억 속에 삼단전(三丹田)을 동시에 사용하던 한 사
람이 떠올랐다.

다른 의형들과 마찬가지로 마지막에 격체전공 수법으로
청년에게 모든 것을 준 대형의 모습이.

청년은 천천히 숨을 내뱉으며 눈을 감았다.

대형이 전해주는 가르침이라 생각하자 불덩이들이 그다지 두렵진 않았다.

우드득—

어깨가 탈골되어 아래로 척 늘어진다. 얼굴 피부가 턱 근처까지 녹아내리는 것 같더니 으그러지는 느낌이 든다. 등은 뒤로 접혔다가 한 바퀴 돌아 몸을 꼬았고 양다리는 꼬인 몸을 감싸며 묶는다.

푸스스—

청년의 몸에서 흘러나온 열기가 땅을 녹였다.

신체의 움직임은 더 이상 청년에게 인식되지 못했다.

"끄어어!"

청년은 분명 비명을 질렀건만 그 소리가 어디를 통해 나온 건지는 알 수 없었다.

아마도 돌아간 입이 어딘가에 붙어 소리를 냈을 것이다.

꾸드득—

이전과 달리 마지막 신체 변화는 꽤나 오랫동안 계속됐다.

밝았던 하늘이 붉은 구름을 몰고 와 대설산을 뒤덮었고 아스라한 햇살을 붉은 창처럼 만들어 청년을 공격했다.

"끄아아아!"

청년의 비명은 멈추지 않았다.

비명이 나오는 건 고통 때문만은 아니었다.

정상에서 이곳까진 오며 겪었던 신체 변화는 생각이란 놈을 떠올릴 겨를도 없이 일어났으나, 이번엔 기억이 고스란히 떠올랐다.

무덤에 묻히기 전의 일들.

청년은 이미 죽었어야 할 몸인데 그들, 산 정상에 잠들어 있는 무덤의 주인들 덕분에 다시 세상으로 나올 수 있었다.

살아야 한다. 이 의형들의 몫까지 살아야 한다. 거부하지 말고 받아들여라. 그래도 살아날 수 있을지는 자신할 수 없지만…….

의형님들의 목소리가 기억난다.

그 때문에 눈물이 멈추지 않는다.

아홉 의형님들의 생을 태워 혼자만 살아난 것 같아 미안함에 눈물을 멈출 수가 없었다.

의형님들의 얼굴이 하나둘씩 가슴에 새겨진다.

살아났다. 그분들의 바람으로 다시 세상에 나오게 된 것이다.

第一章
강가장(姜家莊)

구름은 하늘을 노닐며 떠다니고 바람은 계절을 알리느라 천지를 휘감기에 여념이 없다.

가을이다.

죽립을 눌러쓴 사내는 길 위에 서서 오감(五感)으로 자연을 만끽했다. 다시는 보고 느낄 수 없을 것 같던 녹음(綠陰)이 눈과 귀와 코와 입으로 모두 느껴지고 있었다.

오래되어 보이는 검푸른 무복과 장검 한 자루.

대설산에서 아홉 번의 신체 변화를 겪은 청년이다.

죽립을 살짝 추켜올리자 반쯤 보이는 얼굴에 십 대 후반의 모습이 고스란히 드러났다.

칠 척 가까운 키에 하얀 얼굴과 가지런한 치아, 드러난 손은 여자의 손처럼 길고 예뻤다.

"난주. 성도라 그런지 꽤나 화려한 곳이구나. 막내 형님께선 잘도 이런 곳에서 사셨네. 형님, 저 무백(武白)이 왔습니다."

스스로를 무백이라 칭한 청년은 한 사람을 떠올렸다.

털북숭이 거한의 사내.

도검불침(刀劍不侵)의 몸에 탄궁일권(彈弓一拳)으로 산을 가르는 주먹을 가진, 감숙성 난주에서 가장 유명한 장원인 강가장(姜家莊)의 주인이라던 강대기의 얼굴을.

강대기의 얼굴이 떠오르자 무백의 입가에 웃음이 감돌았다.

"하서회랑(河西回廊) 근처라고 하셨으니 닿으려면 좀 더 서둘러야 하려나? 물 냄새가 나는 걸 보면 얼마 남진 않은 것 같네."

무백의 시선이 길 끝으로 향했다.

빼곡히 들어서 있는 나무들로 시야가 가로막힌 상태였으나 무백의 눈엔 물이 보이기라도 하는 것 같았다.

슥—

무백이 한 발을 뗐다.

오 일 동안 걷기만 했는데 벌써 감숙성을 지나 성도까지 오게 된 것이다.

물론 일반적인 걸음은 아니었다.

한 발을 뗀 무백의 발이 다시 땅에 닿은 것은 무려 십여 장이 지나서였다.

권의 고수인 강대기는, 움직임이란 그가 평생 풀어야 하는 숙제라고 했다.

권의 위력은 두 가지에 의해 결정되는데, 권을 뻗기 위한 자세가 하나요, 권을 뻗었을 때 상대에 닿도록 하는 거리가 둘이다.

강대기는 평생 이 두 가지를 고심했고 결국 두 가지 모두를 만족시키는 신법을 완성해 냈다. 그것이 바로 무백이 펼치고 있는 신법이자 보법인 탄회하(彈回河)이다.

신법이지만 식을 가두면 좁은 공간에서도 펼칠 수 있는 보법.

살아생전 강대기는 탄회하를 전력으로 펼치면 한 번의 도약으로 능히 강을 건널 수 있다며 호언장담하곤 했다.

직접 경험해 본 무백은 그 말이 허언이 아니었음을 몸으로 느낄 수 있었다.

"그 덩치로 그렇게 빨리 움직일 수 있었던 덴 이유가 있었네요."

강대기의 호탕한 웃음이 들리는 듯했다.

옆에 있었으면 엄청 놀렸을 것이다.

아홉 의형들과 함께 싸웠던 순간이 다시금 떠올랐다.

무백이 하서회랑에 도착한 것은 해가 기울기 시작할 즈음이었다.

하서회랑에 도착하면 강가장은 쉬이 찾을 수 있을 거라 생각했던 무백은 난처한 표정으로 아무것도 없는 바닥에 서서 주위를 둘러보고 있었다.

하서회랑에는 수많은 석굴이 있었다.

모두 비슷비슷하게 생긴 석굴들이었으나 자세히 보면 같은 것은 하나도 없었다.

그러나 무백이 당황한 이유는 그것 때문이 아니었다.

강가장은커녕 집이라 불릴 만한 것이 전혀 보이지 않기 때문이다.

"강 형님 설명과 전혀 다르다."

애초에 강가장의 위치부터 확인한 후 움직였어야 했다.

텅 빈 공간에 덜렁 혼자 남겨졌으니 물어볼 사람이 있을 리 없었다.

"유명하다고 하셨으니 물어보면 금방 찾겠지. 그러려면 사람부터 찾아야겠는데……"

무백은 눈을 감고 주위에 있는 인기척을 찾았다.

오래 걸리지 않아 무백은 눈을 뜨며 발을 옆으로 돌려 움직였다. 순간 무백의 신형은 자리에서 사라지고 없었다.

하서회랑의 무정한 바람이 울퉁불퉁한 동굴로 스며들며 기이한 소리를 사방으로 퍼뜨렸다.

무백이 기척을 느낀 곳은 하서회랑에서 무려 십여 리나 떨어져 있었다. 도착하고 나서야 그 사실을 안 무백은 놀란 표정이 되었다.

무백은 슬며시 손으로 심장과 머리를 만져보았다.

물가를 지날 때 얼굴을 살펴봤지만 예전보다 하얘진 것 외엔 다른 변화는 없었다.

'다른 형님들의 무공도 내 안에 있는 건가?

강대기의 탄회하를 어떻게 펼쳐야겠다는 생각도 하지 않았다.

탄회하라면 이렇게 되지 않을까, 생각을 떠올린 순간 몸 안에서 진기의 흐름이 일어난 것이다.

그걸로 봐서는 다른 형님들의 무공 역시 펼칠 수 있을 것 같았으나 굳이 시험해 보진 않았다.

"무백아, 살거든……".

“싫습니다.”

“살거든. 강가장을 부탁한다. 뭐, 너 보고 가지란 건 아니니 너무 좋아하진 말고. 그냥, 응? 손(孫)이 끊어지지 않게, 응?”

“……”

“…그래다오.”

“…예.”

그러겠다고, 그보다 더한 것도 전부 해 드리겠다고 약속했다.

강유유와 강창.

강대기의 딸과 아들의 이름이었다.

두 아이에게 무슨 말을 해주어야 할까?

무백은 강대기의 모습을 머릿속에 담았다.

잠시 생각을 했을 뿐인데 어느새 기척을 느꼈던 장소로 다가와 있었다.

나무 몇 그루 지나니 좀 더 뚜렷하게 사람의 움직임을 감지할 수 있었고 그곳의 현판이 나타났다.

태양문(太陽門).

현판에 적힌 이름이었다.

무백은 현판을 보자 자신도 모르게 실소를 머금었다.

대놓고 태양이란 이름을 사용하는 곳이 있을 줄은 생각지도 못했기 때문이다.

'이런 곳이 있었으면 진즉에 알려주시지.'

강대기의 성격에 태양문이 근방에 있음을 알았다면 배를 잡고 폭소를 터트렸을 것이다.

무백은 용케도 강대기에 걸리지 않았다 생각하며 정문을 두드렸다.

탕! 탕!

안에서는 분명 인기척이 느껴지는데 아무런 반응이 없었다.

정문 양쪽을 번갈아 쳐다봤다. 혹여 다른 곳에서 사람이 나올까 싶어서였다. 허나 문을 두드린 지 한참이 지나도 인기척은 없었다.

훌쩍 담장을 넘어갈까 싶은 생각이 들었으나 강가장의 소재를 물으러 왔으니 예의를 차리는 편이 나았다.

탕! 탕!

이번엔 조금 전과 달리 소리가 크게 났다.

'나온다. 진즉에 이리 할 걸 그랬군.'

누군가 다가오는 소리가 났다.

문이 열리길 기다리던 무백의 눈에 이채가 감돌았다.

처음엔 대수롭지 않게 여겼으나 다가오는 보폭이 일정하고 소리가 매우 미약해서 상당한 수련을 쌓은 자임을 알았기 때문이다.

문이 열리고 나타난 자는 염소수염을 한 사십 대의 호리호리한 사내였다.

무백과 염소수염 사내는 서로를 빤히 쳐다봤다.

둘 사이에 정적이 흘렀다.

"무슨 일인가?"

염소수염의 사내는 무백을 위아래로 훑어보다 대뜸 하대를 했다.

무백은 염소수염의 질문에 고소를 머금었다.

만약 강대기가 이 자리에 있었다면 어땠을까?

무백은 웃으며 입을 열었다.

"길 좀 물으려……."

탕!

"……."

질문도 하기 전에 문이 닫힌 것이다.

무백은 어안이 벙벙한 표정이 되어 태양문이라 적힌 현판과 정문을 번갈아 쳐다봤다.

이렇게 예의 없는 집단이 태양문이란 이름을 사용한다는 것을 믿지 못하겠다는 눈이었다.

이대로 물러서는 건 무백의 성격상 불가능했다.

무백은 가만히 손을 들어 정문에 댔다.

근방에 있을 강가장을 생각해 참으려 했지만 기본적인 예의도 무시하는 자에게 그럴 필요를 느끼지 못한 것이다.

쾅!

거친 폭음이 터지며 굳게 닫혔던 문이 열렸다.

부서진 것은 문이 아니라 문을 잠근 빗장이었다.

무백은 성큼 안으로 들어섰다.

조금 전에 문을 닫았던 염소수염의 사내가 놀란 눈으로 무백을 쳐다봤다.

"빗장이 너무 낡은 것 아닌가? 미안하오. 너무 세게 밀었던 모양이오."

무백은 전혀 미안하지 않은 얼굴이었다.

오히려 저절로 터져 나간 빗장 탓이라는 표정까지 지었다.

"빗장을 부러뜨렸나? 잠글 때 보니 꽤나 두껍던데 말이야. 무공을 감추고 있었군. 진즉에 그랬으면 문전박대는 당하지 않았을 것 아닌가. 후후후. 나, 추광이라고 하네."

염소수염의 사내는 무백이 자신의 이름을 듣고 놀라길 기대했던지 의미심장한 표정으로 쳐다봤다.

"순서가 그렇게 되나요? 문전박대 후에 통성명이라."

"음? 나를 모르는군."

추광이 이름을 밝힌 이유는 무백의 이름을 듣고 싶어서가
아니라 내가 추광이니 알아서 사라지란 뜻이었다.

추광은 살짝 입맛을 다시곤 뒤쪽을 돌아봤다.

안에서 추광을 기다리고 있는 사람에게 알려야 할지 고민
하는 표정이었다.

"세모사(細毛士) 추광이라고 하면 난주에선 제법 알려진 이
름인데 말이야."

추광은 무백을 어떻게 할지 결정을 내리고 고개를 돌렸다.

"그렇다면 죽일 수밖에."

쉭—

추광이 고개를 돌리며 빼들은 비도 두 자루가 허공을 갈랐
고 추광의 신형은 허공으로 솟구쳤다.

빗장을 부러뜨린 공력이라면 추광이 던진 비도는 어렵지
않게 피할 수 있겠지만 다음 공격엔 무방비가 될 수밖에 없잖
은가?

효율적인 기습이었다.

적어도 추광의 생각으로는 그랬다.

퍽!

"컥!"

허공에 뜬 추광의 복부로 무언가 육중한 것이 틀어박혔다.

'뭐, 뭐지?

추광은 무지막지한 속도로 날아가 담벼락에 부딪치곤 고꾸라졌다.

배를 만져 보았다.

그를 날려 버린 물건을 확인하려는 행동이었으나 손에는 아무것도 잡히지 않았다.

'서, 설마 저놈이?

추광의 의문은 금방 풀어졌다.

무백이 주먹 쥔 손을 가볍게 흔들어 주었기 때문이다.

'내, 내가 먼저 공격했는데… 이건 말도 안 되는… 저, 저놈은 분명 저 자리에서 한 발자국도… 헉! 겨, 격공권? 내기를 다룰 수 있는 고수였단 건가?

추광의 안색이 파리해졌다.

자신을 날려 버린 것이 무백의 주먹이었음을 깨달은 것이다.

무백의 발밑.

추광이 던진 비도 두 자루가 떨어져 있었다.

'비, 비도가 몸에 닿지도 않았단 말인가?

추광은 무슨 일이 일어났는지 이해할 수 없다는 눈으로 무백을 쳐다봤다.

"저런 비도로는 이 옷을 뚫기 힘들지."

무백은 입고 있는 검푸른 무복을 슬쩍 내려다보곤 거짓말

같은 움직임으로 추광에게 다가왔다.

'헉!'

추광은 눈을 찢어져라 부릅떴다.

사람이 움직이기 위해선 반드시 예비동작을 거쳐야 한다. 걸을 때도 한 발이 지면에서 떨어지는 순간 미세하게라도 상체는 흔들리게 되어 있었다. 상체의 하중을 지면에 닿고 있는 발이 받아내야 하는 까닭이다.

그 이치를 무백은 무시했다.

상체의 흔들림 없이 거리를 좁혀왔다.

추광의 눈에 청년은 아무리 많아도 스물 이상은 안 되어 보였다. 그 정도의 나이에 저런 신법을 펼치는 고수, 있기는 있겠지만 감숙에선 아직 본 적도 들은 적도 없었다.

"왜 그런 거요?"

"나, 난, 자, 자네가 저, 적인 줄 알고 그랬네."

"적?"

무백은 추광의 대답에 이채를 띠었다.

왜 길을 물으려는 사람을 문전박대 했느냐고 물은 것인데, 적인 줄 알고 공격했다는 대답이 나왔다.

추광의 평소 사고방식을 알 수 있는 말이었다.

"그럼 저 안에 있는 사람에게 물어봐야겠군."

무백은 안쪽을 향해 눈을 들었다.

그 순간, 파리했던 추광의 안색이 더욱 파리해지고 말았다.

무백이 안쪽으로 가게 되면 곤란했다.

'잡아야 한다. 무슨 말이든 해서 놈이 안채 쪽으로 가지 못하게 해야 한다.'

생각은 길었고 결정은 빨랐다.

"우, 우린 군림회(君臨會) 소속이다!"

"군림회?"

"그렇다. 이곳은 이미 우리가 접수한 상태다."

"접수?"

무백의 눈가가 찌푸려졌다.

군림회니 접수니 하는 말들은 조금도 관심이 없었으나 추광의 성정을 보니 결코 좋은 무리는 아닌 것 같았다.

"진마궁(眞魔宮)이 사라진 지 얼마나 됐다고 그들을 따라하는 자들이 나타난단 말인가?"

무백의 표정이 굳어졌다.

추광을 내려다봤다.

추광은 군림회란 이름이 무백에게 아무런 위협도 되지 않자 온몸을 사시나무 떨듯 떨었다.

무백은 손가락을 퉁겨 추광의 마혈을 제압한 뒤 안쪽으로 걸음을 옮겼다.

몸이 굳어 꼼짝할 수 없는 추광이 무백의 뒷모습을 지켜보며 넋을 잃었다.

무백의 걸음.

무릎 한 번 굽히지 않고 미끄러지듯이 안채로 향하고 있었다. 마치 유령이라도 되는 양 너무도 자연스러운 모습이 아닐 수 없었다.

"컥!"

무백의 일권을 맞았을 때 내부가 상했는데 조치를 취할 시간도 없이 억지로 기를 끌어올려 대항한 것이 화근이었다.

추광은 웅크린 자세로 굳어져 갔다.

무백이 안채로 들어가는 문에 막 도착했을 때 사방에서 살기가 엄습했다.

'좌우 합쳐서 열.'

안채에 그들이 지켜야 할 중요한 인물이 있다는 뜻이었다.

무백은 모른 척 안채로 발을 내디뎠다.

순간, 무백의 전신을 노리고 한 치의 어긋남도 없이 비수가 날아왔고 뒤이어 인영들이 모습을 드러냈다.

무백은 양손을 늘어뜨린 채 다가오길 기다렸다.

투두둑—

그들이 던진 비수가 무복에 맞고 바닥에 떨어진다. 그들 정도의 내공으론 무백이 입고 있는 무복에 흠집 하나 낼 수 없었다.

짝!

두터운 손에 맞은 뽀얀 피부가 터지며 여인의 입이 돌아갔
다.

맞은 곳은 금방 부풀어 오르며 피멍이 들었다.

이십 대 후반의 여인은 때린 자를 노려보며 자리를 지켰다.
그녀의 뒤엔 일곱 살쯤 된 사내아이가 성난 눈으로 여인을 안
고 있었다.

"경거망동하지 말거라, 승아."

여인은 자신의 몸이 아픈 것보다 아들이 때린 사내에게 달
려들까 봐 애써 태연한 척 말했다.

"역시 들은 대로야. 당신 같은 여자가 어찌 허곽 따위와 혼
인을 했단 말이오? 이 손은 거짓말을 하지 않지. 아주 찰지군.
호호호. 어떻게 해줄까? 설미, 네 아들이 보고 있는 이곳에서
일을 치를까? 아니면… 다른 방으로? 선택해."

음침한 목소리의 주인은 색욕(色慾)이 번들거리는 눈으로
설미를 연신 훑어대고 매부리코를 벌름거리며 냄새를 맡아댔
다.

구마권(龜魔拳)이란 자로, 육십이 넘은 나이에도 여자 없이
하루를 넘기기 힘들다고 알려져 있었다. 거북이 등껍질처럼

단단한 저 손에 걸리면 웬만한 고수는 뼈도 못 추렸다.

"내 몸에 손가락 하나 대기라도 하면 혀를 깨물 것이다."

"그럴 처지가 아닐 텐데? 네 남편은 노부의 손에 죽었다. 이미 죽은 놈에겐 의리 따위 지킬 필요 없다. 내가 회에 잘 말해놓을 테니 너희 모자는 노부와 함께 가는 게 어떻겠느냐?"

"당치 않은 소리! 그이는 너 같은 자에게 당할 분이 아니다. 곧 네놈을 천참만륙하러 와룡문(臥龍門)의 고수들과 함께 오실 것이다."

설미는 서슬이 퍼런 눈으로 구마권을 노려봤다.

"이것 참."

구마권이 입맛을 다셨다.

설미는 그의 전리품이었다.

항상 그래왔듯이 전리품은 품어야 했다. 그 때문에 일부러 먼 거리도 마다하지 않고 달려왔기 때문이다.

"와룡문. 흐흐흐. 노부가 와룡문이라면 겁이라도 먹을 줄 알았느냐?"

구마권은 설미의 턱을 엄지와 검지로 잡고서 위로 추켜올렸다.

설미는 흠칫 놀란 표정을 지었으나 이내 오연한 눈으로 구마권을 응시했다.

구마권이 혀로 자신의 입술을 핥으며 설미를 당겼다.

“이, 이 악적!”

설미는 저항 한 번 해보지 못하고 딸려가야 했다.

뒤에서 아이가 그 모습을 보고 자리에서 일어나려 했으나 몸이 꼼짝도 하지 않았다. 이미 구마권이 마혈을 짚은 것이다.

설미의 눈에서 눈물이 마구 쏟아졌다.

“감숙에서도 손꼽히는 미모라더니 아주 만족스럽구나. 흐흐흐.”

음침한 구마권의 목소리에 설미는 진저리를 쳤다.

“아, 안 돼. 아이가, 아이가 보고 있잖느냐, 이 악마!”

설미는 악을 썼지만 구마권은 놓아줄 생각이 없어 보였다.

“제, 제발.”

설미의 애원은 오히려 구마권의 색욕을 더욱 자극시켰다. 구마권은 설미를 들어 올린 채 옷자락을 찢으려 손을 뻗었다.

막 그의 두꺼운 손가락이 설미의 앞섬을 찢으려는 순간, 구마권의 동작이 거짓말처럼 멈췄다.

‘뭐지?

문밖.

누군가 있었다.

인기척을 느껴서가 아니라 느낄 수밖에 없도록 상대가 구마권에게 직접 신호를 보내왔기 때문이다.

조금이라도 움직이면 머리에 구멍을 내주겠다.

분명 상대는 그렇게 경고를 보내오고 있었다.

'지키고 있던 놈들이… 전부 당했다고?'

아무리 설미에게 집중하고 있었다고 해도 아무 소리도 듣지 못했다는 것은 믿기지 않았다.

구마권은 섣불리 움직이지 않았다.

설미를 놓아주고 천천히 돌아섰다.

그제야 방문이 열리며 인영 하나가 모습을 드러냈다.

무백이었다.

"음?"

구마권은 들어서는 인영을 보고 놀란 눈빛을 할 수밖에 없었다.

기껏 해봐야 스물?

그 이상으로는 도저히 봐줄 수 없는 외모였다.

"누구냐?"

"길 좀 물어보려다 여기까지 오게 된 사람."

무백은 나직하게 말했지만 구마권의 귀엔 한 자, 한 자가 또렷이 들렸다.

'기를 읽을 수가 없다.'

무백의 표정은 편안하기 이를 데 없는 반면 구마권은 진땀을 흘리고 있었다.

“우리가……”

결국 구마권은 추광이 언급했던 자신의 배경을 이용하려 했다.

“군림회라고? 이미 들었다.”

“들었… 다?”

“호랑이가 사라지니 여우가 주인 행세 하는 건가? 맹주께선 진마궁과 같은 마의 무리가 다시는 고갤 들지 못하게 해주겠다고 하더니 안 됐던 모양이군.”

무백은 고개를 가로젓고는 구마권의 옆에서 불안한 눈으로 떨고 있는 아이와 그 아이를 안고 있는 여인을 봤다.

“이리로 나오세요. 너도 엄마 손 잡고 이리 와라.”

무백은 아이와 설미를 끌어당기는 시늉을 했다.

그러자 놀라운 현상이 일어났다.

“어? 엄마, 움직일 수 있어요. 저 형아에게 가요.”

아이가 자리에서 일어나며 설미의 손을 잡아끌었다.

마혈이 제압됐던 설미는 어찌된 일인지 모르고 있다가 엉겁결에 자리에서 일어나 아이와 함께 무백의 뒤로 몸을 피했다.

무백의 뒤에 선 설미는 구마권을 쳐다봤다.

가까이 있던 구마권이 손을 쓰지 않았기 때문이다.

‘어째서 저 마두가 꼼짝도 안 한 거지?

구마권은 진땀을 흘리며 제자리에서 꼼짝도 하지 않고 있
었다.

그럴 수밖에 없는 것이, 섣불리 움직였다간 무백이 뿜어내
고 있는 무형의 기에 의해 목이 잘릴 수도 있음을 느낀 까닭
이다.

“내, 내가 군림회 소속이란 것을 알면서도 방해를 한단 말
이지?”

구마권이 억지로 입을 열었다.

설미와 아이가 움직이는 것을 봤을 때 얼마나 놀랐는지 구
마권은 아직도 머리털이 쭈뼛 서는 것 같았다.

무백이 언제 손을 썼는지 전혀 보지 못했다.

허공을 격해서 상대의 혈을 짚을 수 있는 경지는 아무나 펼
칠 수 있는 신기가 아니기 때문이다.

“난, 너 같은 무리를 보면 참지를 못해.”

무백의 목소리는 담담했지만 듣고 있던 구마권은 등골이
오싹해지고 말았다.

마(魔)의 하늘, 진마궁주 혁세기.

무백은 그에게 사부를 잃었고, 의형들은 아들을, 부모를,
친구를, 부인을 잃었다.

군림회?

그따위 이름이야 아무래도 상관없었다.

마를 추종하는 자라면 무백의 응징을 피할 수 없을 것이다.

"부인, 아이의 눈을 가려 주시겠습니까?"

무백의 말에 설미는 재빨리 손으로 아들의 눈을 가리고 자신도 눈을 감았다.

무엇을 할 것인지 안 봐도 알 수 있었다.

가능하다면 그녀 손으로 구마권을 죽이고 싶었으나 그녀에겐 그런 능력이 없었다.

"와룡문에서 나왔느냐?"

"……."

"너 같은 고수를 숨겨두다니 위지무도 우리 군림회를 상대하려고 준비 많이 했구나."

구마권은 무백이 대답을 하지 않자 넘겨짚었다.

위지무란 이름이 나오면 어떤 반응이라도 할 것이기 때문이다.

'음? 와룡문이 아니다?'

구마권은 의아한 표정이 되고 말았다.

와룡문의 군사 위지무.

현 강호에서 그 이름을 모르는 사람은 아무도 없었다.

와룡문과 군림회.

각각 현 정파와 사파를 대표하는 세력이었다.

위지무는 와룡문의 군사를 맡고 있으며 정파의 절대적인

지지를 얻고 있었다. 당연히 눈앞의 애송이 정도 나이라면 화를 내야 하는 것이 정상이었다.

그러나 어찌된 일인지 구마권이 위지무를 폄하하는데도 눈앞의 애송이는 조금의 관심도 없는 듯하지 않은가?

"그가 누군지 모르지만 그게 마지막 말인가?"

"몰라? 위지무를? 와룡문을?"

"내가 아는 이름은 오직 둘. 진마궁과 영웅맹뿐이다."

"지, 진마궁과 영웅맹? 뭔 개소리냐?"

구마권의 얼굴이 일그러졌다.

무슨 얘기를 하는지 이해할 수 없다가 가까스로 백 년 전의 정파와 사파를 대표하던 세력 둘을 떠올릴 수 있었다.

"아직도 준비할 시간이 필요한가?"

무백은 인상 쓰고 있는 구마권을 향해 손을 내밀었다. 구마권 정도라면 굳이 기회를 줄 것도 없이 손가락 하나로 죽일 자신이 있었다.

그러나 그렇게 쉽게 죽이기엔 그가 하려던 짓이 너무 악독했다. 아이가 보는 앞에서 엄마를 능욕하려 한 짓은 인간이 할 수 없는 행동인 것이다.

"놈!"

구마권은 무백이 일부러 틈을 내주자 한 번의 가능성에 모든 것을 걸기로 했다.

혼신의 내력이 담긴 일권이라면 무백을 물러나게 만들 자신이 있었다.

안 그래도 큰 주먹에 내력까지 담기자 그의 손은 더욱 커졌다. 커진 주먹은 곧장 무백의 가슴을 향해 뻗어나갔다.

쾅!

"컥!"

구마권은 신음과 함께 뒤로 튕겨져 나갔다.

무백의 가슴에 주먹이 닿는 순간 엄청난 반탄력이 구마권의 주먹을 으스러뜨리고 만 것이다.

무백은 나가떨어진 구마권에게 다가가 엄지와 검지로 어깨를 잡아 올렸다.

구마권은 한쪽 어깨를 삐죽이 들어 올린 채 무백의 두 손가락에 매달릴 수밖에 없었다.

무백의 엄지와 검지에서 흘러나온 진기가 구마권의 전신을 제압해 버린 까닭이다.

"질문 하나 하지. 이 근방에 강가장이라고 있지 않느냐?"

"가, 강가장?"

구마권은 고통으로 인해 진땀을 흘리면서도 강가장이란 이름을 떠올리려 애썼다. 이 근방에 강가장이란 이름을 사용하는 곳. 최대한 빨리 떠올려야 한다.

그러나 아무리 생각해도 강가장이란 이름을 사용하는 장

원을 들은 적이 없었다.

"모르는군. 됐다."

"…자, 잠깐……."

"하서회랑 근처에서 강가장을 모를 수가 없다고 했는데 역시나 이상해."

강대기가 없는 말을 지어냈을 리는 만무했다.

무백은 구마권의 애원하는 눈을 똑바로 쳐다보며 엄지와 검지에 힘을 가했다.

퍽!

구마권의 어깨가 터지며 피가 숫구쳤고 이어서 칠공에서 피가 흘러나왔다. 내기로 구마권의 사혈을 모두 터트려 버린 것이다.

"밖으로 나가시지요, 부인."

무백은 등을 돌린 채 여인에게 말했다.

"…죽었나요?"

설미는 자신의 눈으로 구마권의 죽음을 확인하고 싶었으나 무백이 비켜서주지 않았다.

그녀가 아들과 방을 나가고서야 무백이 돌아섰다.

진마궁주만 사라지면 다시는 손에 피 묻힐 일이 없을 것 같았는데 세상은 여전히 마의 무리가 활개를 치고 있었다.

　무백이 태양문 앞에서 피 냄새를 맡지 못했던 데엔 이유가 있었다. 음식에 미혼산(迷魂酸)을 넣어 태양문의 무인들을 제압한 뒤 모두 지하석실에 가둬둔 것이다.

　태양문의 문주는 허곽이란 사람이었는데 와룡문에 줄을 대고 싶어 접촉을 했다가 구마권에게 걸려 죽고 말았다고 한다.

　허곽의 친구이자 태양문의 부문주직을 맡고 있는 두진이 무백에게 다가왔다.

　"대협의 은혜를 어떻게 갚아야 할지 모르겠습니다."

　두진은 미간 사이가 넓고 뭉툭한 코와 두툼한 입술을 가진 오십 대의 중년인이었다.

　"은혜랄 것도 없습니다. 당연한 일을 했을 뿐이니 너무 과한 말씀은 거둬 주십시오."

　"다, 당연… 하! 진정한 대협이십니다."

　두진은 무백의 말에 조금의 거짓도 없음을 느끼고 다시 한 번 포권을 취했다.

　마의 무리를 벌하는 것이 당연하다?

　두진의 귀엔 무백이 스스로를 협객이라 말한 것처럼 들렸다.

　'현 강호에 이처럼 젊은 협객이 등장했음을 어찌 몰랐단 말인가? 역시 와룡문이야.'

두진은 무백이 와룡문에서 나왔음을 확신했다.

"저는 이만 가 봐야겠습니다."

무백은 서둘러 태양문의 무인들에게 포권을 취한 뒤 자리를 떠나려 했다.

그때였다.

허승을 재우고 설미가 안채에서 나왔다.

"어딜 그리 급히 가시는지 여쭈면 안 되겠습니까, 대협? 제가 도움을 드릴 일이 있다면 무엇이든 도와드리고 싶습니다."

"아이는 괜찮나요? 많이 놀랐을 텐데 의젓하더군요."

"제 아비를 닮아 용맹하답니다."

설미는 이제 웃을 수 있었다.

그 모습에 무백은 강가장에 대한 질문을 해보면 어떨까 싶었다.

"부인, 혹시 강가장이 어디 있는지 아십니까? 제 의형의 말씀대로라면 이 근방이 틀림없는데 찾을 수가 없네요."

"강가장이요?"

설미는 벌써 두 번째 듣는 이름이었다.

무백에게 상당히 중요한 곳이란 생각이 들자 두진을 돌아봤다.

이곳에서 오랫동안 살아온 두진이기에 아는 바가 있는지

물은 것이다.

"강가장이라. 저는 들어본 적이 없는 것 같습니다."

두진이 고개를 절레절레 흔들며 문도들을 돌아봤다.

모두 두진의 시선을 피하거나 고개를 미미하게 흔들었다.

그때, 무백의 눈에 한 사람이 들어왔다.

무언가 말을 하려다 말고 고개를 돌리는 청년.

"강가장에 대해 아시는 게 있습니까?"

무백이 성큼 움직여 청년에게로 다가가 물었다.

청년은 무백의 질문에 '힉' 소리를 내며 뒤로 물러섰다.

"경문, 아는 바가 있으면 알려 드리거라."

두진이 청년에게 대답을 촉구했다.

"부, 부문주님, 사, 사실은 저도 책에서 본 거라 그 외는 아는 것이 없습니다. 용서해 주십시오, 대협!"

경문이라 불린 청년은 재빨리 무릎을 꿇었다.

"문아, 강가장이란 이름을 책에서 봤다고? 그 책이 어디에 있었지?"

설미가 겁먹은 경문에게 부드럽게 물었다.

"예? 서재에 쌓여 있는 책 중 하나였는데, 백 년 동안 난주에 뿌리를 둔 대소문파들을 나열해 놓은……."

"잘됐네요."

설미는 웃으며 무백을 돌아봤다.

무백이 기대 어린 눈으로 경문의 다음 말을 기다렸다.

"헌데……."

"헌데?"

"그 책에는 강가장이 제일 먼저 이름을 올리고 있었습니다. 그러니까… 그게… 백 년 전 문파였다는 거라서. 죄, 죄송합니다, 대협. 제가 본 건 책의 내용이니 대협께서 찾으시는 강가장과는 다를 겁니다."

"……!"

찌릿!

경문의 말을 듣는 순간 무백의 전신이 전기에 닿기라도 한 것처럼 저려왔다.

'말도 안 돼. 설마, 설마.'

무백의 눈동자가 빠르게 흔들렸다.

"책에선 권공(拳功)의 고수를 배출해 낸 훌륭한 장원이었으나 오래 가진 못했다고 적혀 있었습니다."

"그 고수가 누군지 적혀 있었습니까?"

무백은 말도 안 되는 질문을 했다..

"강대기. 책에는 그렇게 나와 있었습니다. 첫 장에 그 이름이 나와 있어서 기억하고 있습니다."

쿵!

무백은 순간적으로 심장이 멎는 걸 느꼈다.

강대기.

아홉째 의형의 이름을 엉뚱한 사람에게 듣고 말았다. 그것도 백 년 전의 이름이라고 옛사람 취급을 하면서 말이다.

핑―

현기증이 머리를 어지럽게 했다.

무덤에 들어가자마자 바로 빠져나온 것이라 믿었는데, 실제로는 상상도 할 수 없는 세월이 지났다?

믿을 수 없었다. 아니, 믿고 싶지 않았다.

"그 책을 볼 수 있을까요?"

무백이 조금 전과 완전히 달라져 있었다.

그 모습에 두진은 마른침을 삼키며 경문에게 가져오라는 눈짓을 보냈다.

경문이 얼마 지나지 않아 책을 가져왔다.

'난주대소문파 백년사'

분명 서피에는 그렇게 쓰여 있었다.

무백은 책을 받아들자마자 제일 첫 장을 열었다.

그리고 손을 부들부들 떨었다.

두진과 경문의 말대로 강대기란 이름이 강가장주로 적혀 있었다.

“이 책, 제가 빌려도 될까요?”

“가지셔도 됩니다.”

무백의 말이 끝나기 무섭게 설미가 답했다.

설미는 걱정스러운 눈이 됐다.

무백이 구마권을 처리하는 것을 옆에서 모두 봤던 그녀였다.

싸울 때는 조금의 동요가 없던 사람이 책 하나에 손을 떤다? 무언가 심리적인 충격을 받은 것이 분명했다.

책을 받아 든 무백은 고맙다는 인사와 함께 곧장 태양문을 나섰다.

“부문주님, 대협께 일이 생긴 것 같지요?”

“아마도 그런 모양입니다.”

“그럼 이번에도 비밀로 해야 하는 건가요?”

“예?”

“예전에 문주님을 찾아왔던 분께서 자신이 왔다는 걸 아무도 몰랐으면 한다고…….”

“아!”

두진은 설미의 말에 깜짝 놀라야 했다.

이삼 년 전, 와룡문에 몸담고 있던 악인요란 고수가 허곽에게 긴한 부탁을 하러 찾아왔을 때가 있었다. 그때 악인요는 와룡문이든 다른 곳이든 자신이 태양문에 왔었다는 것을 몰랐으면 한다고 했다.

두진은 그때 일을 까맣게 잊고 있었는데 설미가 떠올리게 해준 것이다.

"이번엔 좀 다릅니다, 문모님. 그때는 그분이 와룡문에 해를 끼치지 않기 위해 선의의 거짓말을 한 것이고……."

"대협께선 와룡문과 상관이 없는 분이세요."

"예?"

설미는 무백과 구마권이 나누던 대화의 내용을 두진만 들을 수 있게 조용히 말해주었다.

"그, 그럴 수가. 저 정도의 고수를 와룡문이 아니면 어디서 배출할 수 있다고……."

"문주께서 계셨다면 제 말에 따라주셨을 거예요. 태양문을 구해준 대협께 그 정도 배려는 해줘야 하지 않을까요?"

"흠, 문모의 말씀이 조금도 틀리지 않으십니다. 문도들에겐 함구하라고 제가 철저히 교육시키겠습니다."

강호에서 잔뼈가 굵은 두진이 설미의 의도를 모를 리 없었다.

두진은 설미의 새로운 면을 봤다.

허곽과 함께 세운 문파기에 앞으로 어찌해야 할지 고민스러웠는데 설미가 새로운 길을 열어준 것이다.

"문도들은 들어라. 우리 태양문은 사파의 무리에게 문주를 잃었다. 태양문은 오늘을 잊지 않는다. 오늘부터 우리의 염원은 군림회를 없애는 데 한 축을 담당할 정도로 무공 증진에 부단한 노력을 해야 한다. 알겠느냐!"

"예!"

태양문의 문도들이 우렁찬 목소리로 대답했다.

두진의 시선이 설미를 향했다.

설미는 고마움에 고개를 숙였다.

第二章
담무

책에는 분명 강대기란 이름이 있었다.

그것을 확인하는 순간 무백은 어디론가 걸음을 옮기기 시작했다.

섬서성 천양(千陽).

눈썹 끝이 하얗게 세고 갸름한 얼굴에, 입가의 주름이 자연스럽게 세월을 말해주는 여덟째 의형 담문의 고향이다.

"이 의형은 일평생 홀로 살아왔기에 피붙이 하나 두지 않았다. 대신 적적한 마음을 예술로 승화시켰다. 그걸… 석상을 완성시켜

다오."

"예? 제가 무슨 재주로요?"

"그냥 딱 보면 내 말이 무슨 뜻인지 알아. 그것만 해다오."

"알겠습니다."

강대기의 유언을 들어주기도 전에 새로운 일이 벌어지고 말았다. 그렇다고 강대기의 유언을 안 들어주려는 것은 아니었다.

확인할 것이 있었다.

담문이 말한 석상, 그것을 확인해야 한다.

무백의 머릿속은 완전 뒤죽박죽이 됐다.

백 년이라니. 말도 안 되는 일이 무백에게 일어나려 하고 있었다.

일단은 최대한 빨리 천양에 도착하는 것이 목표였다.

난주까지 이동했던 속도와는 비교도 할 수 없는 속도로 걸었다.

쉭— 쉭—

인기척이 느껴지지 않는 숲 안쪽이나 나무 위를 이용해 움직였다.

빠르게 내달리던 무백의 걸음이 한순간 멈췄다.

눈앞에 거대한 황색 물살이 굽이치고 있었기 때문이다.

"이런 때 강이라니."

지리를 모르니 천양의 위치만 기억하고 무조건 일직선으로 길을 관통하던 중이었다.

아무리 탄회하라고 해도 단번에 뛰어넘을 폭이 아니었다.

무백은 눈으로 거리를 가늠하고 아래쪽을 내려다봤다. 강폭이 좁아지는 곳이 있기는 했지만 그곳은 물살이 더욱 세서 도약조차 하기 힘들어 보였다.

"이런 곳에서 지체할 시간 없다."

숨을 들이마시며 머릿속으로 어떻게 강을 건널지 생각했다.

강의 폭은 오십 장이 넘지만 전력을 다한다면 세 번의 도약으로 건너는 것이 가능할 것 같았다.

과거의 무백이었다면 시도조차 하지 않았을 일이지만 지금은 아홉 의형의 힘이 고스란히 몸 안에 숨겨져 있었다.

뒤로 두어 걸음 물러난 무백은 이전과 달리 무릎을 굽히고 상체를 앞으로 기울였다.

쾅!

무백의 발이 닿아 있던 땅이 움푹 파였다.

허공으로 솟구친 무백의 신형은 지상에서 오 장 높이까지 사선을 그으며 날아간 후 서서히 아래로 떨어지기 시작했다.

이십여 장이 넘는 거리를 순식간에 단축시킨 무백의 신형

이 이번엔 얼음 위라도 미끄러지는 것처럼 일직선으로 쏘아
져 갔다.

평지를 걷는 것처럼 보이는 두 번째 도약이었지만 실제로
는 발아래로 무지막지한 진기를 보내 몸을 밀어내는 중이었
다.

세 번째 도약을 위해 최대한 낮게 움직일 필요가 있기 때문
이다.

탕!

황색 물살 위를 이십여 장 미끄러지던 무백의 신형이 또다
시 위쪽으로 튀어 올랐다. 첫 번째 도약에서 보여주었던 포물
선이 아름답게 그려지며 무백의 신형을 건너편 땅에 내려서
게 만들었다.

"아!"

배에서 탄성이 흘러나왔다.

사공은 노를 젓느라 뒤쪽에서 일어난 광경을 볼 수 없었다.

"왜 그러십니까, 공자님?"

사공은 팔베개를 하고 누워 있던 청년이 눈을 부릅뜨자 부
랴부랴 몸을 돌려 강 좌측을 쳐다봤다.

소리가 들린 방향으로 고개를 돌린 것이다.

그러나 사공이 고개를 돌린 순간 인영은 이미 반대편 절벽

으로 솟구친 뒤였다.

　사공이 청년의 시선이 돌아가는 것을 보고 우측으로 고개를 돌렸지만 그의 눈에 들어온 것은 아무것도 없었다.

　"공자님, 무슨 일이 있었던 겁니까?"

　"……."

　청년은 사공의 질문에 대답할 생각도 못하고 조금 전에 그의 눈으로 봤던 광경을 떠올렸다.

　좌측 절벽에서 굉음을 낸 자가 새처럼 포물선을 그리며 강으로 떨어질 때만 해도 그다지 놀라지 않았다.

　한 번의 도약으로 얼마를 날았는지 가늠하지 못했기 때문이다.

　그러나 눈으로 거리를 가늠한 뒤엔 경악으로 할 말을 잃고 말았다.

　헤엄이라도 칠 줄 알았던 인영이 물에 빠지긴커녕 수면이 평지라도 되는 것처럼 어마어마한 거리를 주르륵 미끄러지는 것이 아닌가?

　청년의 생애에서 다신 볼 수 없는 놀라운 광경이었다. 하지만 그것으로 끝이 아니었다. 턱이 빠져라 입까지 벌리게 만드는 장면은 계속해서 이어졌다.

　강 중간에서 폭탄이라도 터진 것처럼 일어난 물보라와 함께 한 인영이 우측 절벽에 내려서는 것이 아닌가?

설명은 길었지만 새라고 믿고 싶은 자가 강을 건너는 데 걸린 시각은 불과 반각도 걸리지 않았다.

"사공, 이 강폭이 얼마나 되오?"

청년은 부지불식간에 질문을 하고 말았다.

"자세히는 모르지만 건너는 시간을 계산하면 육칠십 장은 넘을 것 같습니다요."

"…몇 장이라고 했소, 사공?"

"육칠십 장이라고 했습죠."

"유, 육칠십… 하하, 하하하……."

청년은 사공의 얘기를 듣다 실성한 사람처럼 실소를 마구 터트렸다.

짜릿짜릿한 전류가 전신 곳곳을 마구 헤집는 기분이다. 하북성에서 갖은 고생을 하며 이곳까지 온 보람이 처음으로 들었다.

하북성에선 일학위룡(一鶴位龍)이라고 하면 이십 대의 젊은 고수들 중에선 발군의 실력자로 소문이 자자했다. 오죽했으면 와룡문에서 초청장을 보내겠는가.

단극.

단씨세가의 장남으로 스물다섯 해 동안 밥 먹고 무공만 익혀왔다.

이름을 날리고 싶어 환장한 아버지와 천뢰창(天籟槍)이란 창법을 전수해 준 무지막지한 사부의 협력 덕에 꽤 강한 고수로 성장했다.

천뢰창은 모두 십삼 식으로 되어 있다.

열두 개의 초식은 마지막 한 초식을 위해 존재하는 양념 정도지만, 그 양념이 단극을 일학위룡이 되도록 해주었다.

"왜 이제야 나타나셨소? 화룡(火龍)을 시험해 보고 싶어 환장한 내게 말이오. 사공, 삿이오."

"예?"

"노를 하나 가져가야 할 것 같아서 넉넉히 셈했으니 이해해주길 바라네."

청년은 말이 끝나기 무섭게 은자 두 냥과 노 하나를 들고서 강으로 뛰어들었다.

"고, 공자, 이곳이 얼마나… 깊은… 지… 잘 아시는구려."

사공은 기함을 터트리며 단극의 행동을 제지하려다 내뻗은 손을 거둬들여야 했다.

순식간에 노를 십여 조각으로 잘라 강 건너편으로 던진 단극이 곧장 그걸 발판 삼아 내달리기 시작했기 때문이다.

화룡, 천뢰창 마지막 초식이다.

무서운 속도로 거리를 압축하던 무백의 신형이 어느 한순간 자리에 우뚝 섰다.

여덟째 의형에 대해 알고 있는 것이라곤 담문이란 이름뿐이었다.

장원도 못 찾는 주제에 이름 하나 갖고 사람을 찾으려는 것인가?

스스로에게 물어도 지금 하려는 것이 얼마나 미련한 일인지 알 수 있었다.

무백을 대신해 담문을 찾아줄 사람이 필요했다.

이름 하나만 갖고도 능히 천양 일대를 이 잡듯이 뒤질 수 있는 누군가가.

'빈민가를 찾자.'

천애고아로 자란 무백이기에 빈민가에 대해 너무도 잘 알고 있었다.

죽지 않기 위해서라면 무엇이든 하는 곳이고, 돈이라면 목숨조차 우습게 여기는 곳이다.

사부를 만나 사람으로서의 길을 걷게 됐기에 망정이지, 그렇지 않았다면 무백은 벌써 길 위에서 어린 삶을 마감했을지도 몰랐다.

'돈이 필요하다, 돈이.'

어린 시절을 떠올리자 정보를 얻기 위해 필요한 것이 떠올랐다. 허나 현재 무백의 수중엔 땡전 한 푼 없었다.

돈부터 구해야 했다.

한시가 급하지만 할 수 있는 일이 아무것도 없음을 깨닫자 화가 났다.

먼저 마을을 찾아야 한다.

슈숙—

어른 둘이 팔을 뻗어야 한 바퀴 돌 수 있을 것 같은 나무를 발견하고 위로 올라갔다.

멀리 꽤 넓게 형성된 마을이 보인다.

저 정도 번화한 마을이라면 반드시 빈민가가 존재한다.

무백의 신형이 쏜살같이 그쪽으로 날아갔다.

"아……."

단극의 허망함이 가득한 탄식이 흘러나왔다.

강가에 도착하자마자 전속력으로 절벽을 타고 올라왔건만, 인영의 속도를 잘못 계산했는지 그림자 끝자락도 볼 수가 없었다.

"가만, 너무 지나치게 조용한 거 아니야?"

단극은 이채를 발하며 숲을 둘러봤다.

새는 물론 다른 네 발 달린 짐승들도 일절 소리를 내지 않고 있었다.

본능에 충실한 짐승들이 침묵하는 이유는 간단하다.

숲을 침묵시킨 자가 아직 숲을 떠나지 않았기 때문이다.

단극의 눈이 빛을 뿌렸다.

포기를 모르는 남자 단극에게 가능성이 열린 것이다.

단극은 등에 맨 길쭉한 막대를 끈으로 단단히 저민 뒤 밑을 향해 신법을 펼쳤다.

무백은 임촌(賃村)이라 적힌 마을로 들어섰다.

화려한 색상의 옷들과 장신구로 치장한 여인들이 거리를 활보하고 있었고, 강호인들로 보이는 남자들은 손질 잘된 무기를 하나씩 허리와 등에 차고 있었다.

'무기와 옷?

문득 무백은 자신이 입고 있는 무복과 차고 있는 검을 내려다봤다.

수많은 피가 묻고 굳어 청의였던 무복이 검푸르게 변했지만 이 보의를 만든 사람은 영웅맹주가 인정한 천노야란 장인이었다.

천잠사와 만년교룡의 힘줄을 섞어 만든 것으로, 웬만한 고수들의 장력은 물론 도검으로도 흠집 하나 낼 수 없다고 했다.

이 옷이라면 꽤나 값이 나갈 것이다.

무백은 대로(大路)로 나갔다.

　오가는 사람들 사이사이로 보이는 골목들을 주시하며 좌우를 살폈다.

　이 옷을 팔아줄 적임자를 찾기 위해서였다.

　대로 중간쯤 갔을 때 눈을 반짝이며 쳐다보는 한 무리의 아이들을 볼 수 있었다.

　수는 대여섯.

　수군거리는 말을 무백이 듣지 못할 거라 여긴 모양이지만 무백은 한 자도 놓치지 않고 듣고 있었다.

　"저치를 털까?"

　"아서. 척 보면 모르겠냐? 털어봐야 전낭 하나 가지고 있지 않을 거야."

　"그래도 초행이면 돈 좀 갖고 있지 않을까? 저 얼굴 봐봐. 여자들이 힐끔거리는 게 기둥서방 같잖아."

　'힐끔? 날?'

　무백은 아이들의 말이 무슨 뜻인지 몰라 고개를 돌렸다.

　"어머!"

　무백을 쳐다보던 여인이 얼굴을 가리며 걸음을 서둘렀다. 그러나 그러면서도 뒤를 돌아보는 것은 잊지 않았다.

　무백이 아무것도 느끼지 못했을 리 없었다. 단지, 적의가 느껴지지 않는 시선들이기에 모른 척 신경을 끊은 것뿐이었다.

그러고 보니 뒤에서도, 위쪽에서도 좌우에서도 무백을 보는 시선이 느껴졌다.

하얀 피부에 선명한 이목구비, 서늘한 시선과 큰 키.

여자들의 시선이 무백에게 몰리는 건 어쩌면 당연했다.

"쫌 생기긴 했지?"

"턱이 너 개울에서 니 얼굴 못 봤지?"

"못 본 지 한참 됐어."

"…말하는 거 보니까 그런 거 같어."

'턱이?

이름이나 별명일 것이다.

무백은 곧장 아이들이 모여 있는 곳으로 몸을 돌렸다.

아이들은 갑자기 무백이 자신을 향해 다가오자 굶어 쓰러진 척 거리에 눕기 시작했다.

"대장이 누구지?"

무백이 네 명의 아이를 빠르게 훑어본 후 물었다.

"우, 우린… 쿨럭… 그, 그런 거 없어요……."

"아, 아저씨… 배, 배가 고, 고파… 말할… 기력도 없… 쿨

럭쿨럭……."

아이 둘이 간신히 얼굴을 들고 배고픈 연기를 했다.

무백은 둘의 앓는 소리를 빙긋 웃으며 들어주었다.

어릴 때의 무백이 거기에 있었다.

"나도 배가 고프구나. 열흘 동안 먹은 게 별로 없어서 제대로 된 음식을 먹고 싶은데……."

무백이 거기서 슬며시 말을 줄이자 아이들의 눈이 약속이나 한 듯이 반짝였다.

"팔 물건이라고는 이것밖에 없구나."

무백이 무복을 쓰다듬으며 입맛을 다셨다.

"그, 그 더러운 걸 판다고요?"

아이 한 명이 어이없는 눈으로 무백을 쳐다봤다.

"이게 이래 봬도 꽤 단단하단다. 웬만한 무기엔 흠집 하나 나지 않을걸?"

"거봐, 내가 뭐랬어. 개털이라고 했잖아."

무백의 말이 끝나기 무섭게 쓰러져 있던 아이 하나가 일어나며 투덜댔다.

"믿기 어려우면 직접 시험해 보면 되잖아. 그 칼로 찔러보는 게 어떻겠느냐?"

무백이 투덜대는 아이의 허리에 감춘 비수를 가리키며 웃었다.

“카, 칼이라니 뭔 소리래?”

“턱아, 너 칼 갖고 있냐?”

소년 중 한 명이 투덜대는 아이에게 쌍심지를 켜며 물었다.

“아니야!”

턱이란 소년이 손사래를 쳤지만 아이 셋은 믿지 않는 눈치였다.

“에이 씨, 있다, 있어! 나도 살아야 될 거 아냐! 대병이 새끼에게 한 번 더 맞았다간 골로 갈 게 뻔한데, 가만있냐?”

“그래도 걸리면 어쩌려고.”

“이래 죽나, 저래 죽나, 어차피 한 번 사는 인생이야.”

턱이란 소년이 입을 삐죽이며 독한 눈빛을 뿌렸다.

무백은 턱이를 보고 낮게 숨을 내쉬었다.

또래들과 비교해도 작지 않은 체구였고 독기를 보아 제 한 몸 지키려면 얼마든지 가능해 보였다. 헌데도 칼을 준비해 다니는 이유가 뭘까?

무백의 궁금증은 쉽게 풀렸다.

턱이는 친구들을 위해 칼을 품고 다니는 것이다.

“턱이? 네가 한번 팔아보지 않을래?”

무백이 턱이를 쳐다보며 빙긋 웃었다.

턱이는 그런 무백에게 인상을 썼다.

애들을 패거나 다른 목적이 있어서 접근한 사람 같지도 않왔고, 잘생긴 얼굴만 갖고도 얼마든지 돈을 벌 수 있을 것 같아 보였다.

"아저씨, 그냥 여자나 꼬시지 그래요? 그 정도 생겼으면 밥과 술을 여자들에게 얻어먹는 것도 죄는 아닐 것 같은데 말이야."

턱이 삐딱한 말투로 대꾸했다.

"정당한 대가를 지불하지 않고 얻는 건 불편하거든. 그게 신조라 어쩔 수 없구나."

"푸하하하!"

무백의 말이 끝나자마자 턱이를 비롯해 네 명의 꼬마들이 배를 쥐고 더러운 길바닥을 구르기 시작했다.

"정당?"

"신조?"

"푸하하하!"

다시 한 번 아이들은 배를 잡고 뒹굴었다.

무백에겐 이렇게 놀아줄 시간이 없었다.

"어떻게 하면 내 말을 믿겠느냐?"

무백이 진지한 어조로 말투를 바꾸었다.

아이들은 여전히 눈물까지 흘리며 웃었으나 턱이의 눈빛이 처음으로 바뀌었다.

턱이는 허리에 숨겨둔 비수를 꺼내 무백에게 다가갔다.

"이게 정말 그 옷에 흠집 하나 내지 못하면 책임지고 팔아 줄게요. 하지만 아저씨가 찔려서 죽어도 난 몰라요."

"이제야 말이 통하는구나."

무백은 턱이가 찌를 수 있도록 가슴을 내밀어 주었다.

"…정말 찔러요."

"시간이 많지 않으니 서둘러 주었으면 좋겠구나."

"찔려도 난 몰라요!"

턱이가 소리를 지르며 비수 쥔 손을 벌벌 떨었다.

막상 찌르려니 겁이 난 것이다.

"나를 대병? 그자라고 생각하면 편하지 않을까?"

"……!"

순간 턱이의 눈이 동그래지며 비수를 양손에 쥐고 그대로 무백의 가슴을 찔렀다.

틱.

턱이의 칼이 무백의 가슴에 닿는 순간 아이들은 질끈 눈을 감았으나 정작 턱이만은 눈을 감지 못했다.

바위를 찌른 듯한 단단함이 칼끝에서 손으로 전해졌기 때문이다.

"네가 무공을 알았다면 손이 크게 상했을 거야. 이젠 내 말을 믿겠지?"

무백은 여전히 웃고 있었다.

턱이의 눈에 눈물이 차오르다가 이내 볼을 타고 흘러내렸
다.

턱이에겐 조금 전 용기를 내야 했던 일이 쉽지 않았던 것이
다.

슥슥—

무백은 턱이의 머리를 쓰다듬어 주었다.

"앞으론 그 칼을 쓰지 않도록 해라. 네 용기라면 그 칼을
쓰지 않아도 해결할 수 있는 수가 많을 거야. 알겠느냐?"

턱이는 자신도 모르게 고개를 끄덕였다.

어른들 중 누구도 무백과 같은 말을 해준 사람이 없었다.

어떻게 커야 하는지, 왜 아이들과 사람들 돈을 훔쳐야 하는
지 아는 사람이 아무도 없는 것처럼 말이다.

씨익.

턱이는 눈물을 훔치며 웃었다.

"다시는 저 칼 쓰지 않을 거예요. 대병이 새끼 혼내줄 방법
이야 머릿속에 쌔고 쌨다고요."

"그럼 우리 계약한 거지?"

"벗어요. 제가 팔아올게요."

"음, 그건 안 되겠다."

"예? 왜요?"

"이 옷밖에 입은 게 없거든."

무백과 턱이가 서로를 쳐다봤다.

턱이는 갑자기 입을 막으며 배를 잡고 뒹굴었다.

"저 아저씨 아무것도 안 입었대. 푸하하하!"

다른 아이들은 턱이의 말에 전염이라도 된 것처럼 함께 데굴데굴 구르기 시작했다.

무백은 아이들이 무엇을 저리 재미있어 하는지 이해하지 못해 한동안 멍한 표정으로 지켜봤다.

턱이가 향한 곳은 으리으리한 저택과는 상관없는 허름하고 지저분하기까지 한 곳이었다.

턱이는 이곳까지 오면서 몇 번이고 무백을 돌아봤다.

왜 이런 곳에 오느냐고 물을 줄 알았던 모양이다.

그러나 무백은 문을 두들길 때까지 한마디도 건네지 않았다.

"상노야, 계세요? 상노야!"

안에서는 아무런 대답도 없었다.

"쌍노야! 쌍노야!"

턱이는 불러도 대답하지 않자 갑자기 욕을 해대기 시작했다.

"어느 개 호로자식이 어르신을 그따위로 불러!"

밖으로 나온 사람은 족히 칠십은 됨직한 얼굴을 가진 노인이었다.

"그러게 왜 팔 거 가져 왔는데 내다보지도 않아요!"

턱이가 지지 않고 쏘아댔다.

"요 버르장머리라고는 똥물에 빠뜨리고 다니는 놈을 봤나. 이 상노야께서 얼마나 바쁜 분인지 얼마나 더 설명을 해줘야 알아들어 처먹을 게냐! 이 몸은……."

"아, 됐고. 이 옷 얼마 쳐주실 거예요?"

턱이가 무백이 입고 있는 옷을 가리켰다.

"뭔 옷?"

"이 옷이요."

턱이의 손이 무백의 옷을 쥐었다.

상노야는 턱이의 행동에서 뭘 봤는지 대뜸 무백이 입고 있는 옷에 손을 댔다.

"음?"

상노야의 주름진 얼굴이 확 몰렸다. 무백의 옷을 만지고 냄새 맡고 두드려 보고는 갑자기 안으로 들어갔다 나왔다.

"상노야, 그게 뭐예요!"

턱이가 기함을 지르며 상노야를 막아섰다.

"뭐긴. 보면 모르냐? 얼마 전에 힘들게 구한 군자검(君子劍)이다. 이 검에 흠집 하나 나지 않으면 백 냥, 흠집이 나면 사십 냥. 어떤가, 해봐도 되나?"

상노야는 무백에게 어차피 할 거니 알아서 하라는 선택 아닌 선택을 강요했다.

"마음대로 하시죠."

무백의 말이 채 끝나기 전에 상노야의 검이 가슴을 베어왔다.

스앙―

경쾌한 소리가 울렸다.

"빌어먹을, 진짜였군."

상노야는 들고 있던 군자검을 검집에 넣고는 그대로 자리에 주저앉았다.

"지, 진짜예요? 우와, 그, 그럼 배, 백 냥… 도, 도대체 백 냥이면 만두가 몇 개야……."

턱이는 양손가락 모두를 몇 차례나 접고 펴다 이내 셈하길 포기하고 순한 강아지가 주인을 바라보듯 무백을 쳐다봤다.

"턱아, 은자 한 냥으로 뭘 살 수 있지?"

무백이 진지한 표정으로 물었다.

"은자 한 냥이요? 조양루에서 하루 종일 먹고 마시고 자는데 은자 한 냥이면 충분하다는 소린 들었어요."

"조양루?"

"이곳에서 제일 유명한 주루예요. 진짜 맛있어요. 거기서 나온 걸 먹어봤는데 다시는 똥천집 만두는 못 먹겠더라구요."

'어릴 때 동전 한 닢으로 만두나 소면은 사먹은 기억이 있는데. 사부님을 따라간 뒤로는 돈을 써본 기억이 없구나.'

무백은 조양루는 고사하고 똥천집이란 만두가게조차 알지 못했다.

돈이 필요하다는 생각만 했지, 그 가치에 대해선 문외한이나 마찬가지였기 때문이다.

여덟째 의형뿐만 아니라 다른 의형들에 대해 알아보려면 확실히 돈은 필요한 것 같았다.

"이보오, 젊은 양반. 백 냥도 적게 받아 그렇다는 거요."

"…그렇군요."

무백은 백 냥이 얼마나 거금인지 몰라 담담하게 대답했을 뿐이었다.

"솔직히 물으리다. 그 옷 그거, 진짜요?"

상노야가 성난 목소리로 되물었다.

무백의 태도는 순진한 건지 세상물정을 모르는 건지 판단이 서질 않았다.

"이미 감정을 해 보셨잖습니까?"

"그러니 묻는 거 아니오? 그 옷을 직접 보니 황당하기도 하고 믿기지 않기도 해서 그런 거요. 실제로 존재할 줄 전혀 몰랐거든. 더구나… 아무리 봐도 그걸 입을 만한 사람으론 안 보이고 말이야."

“이걸 입을 사람이요? 이 옷을 입을 사람이 정해져 있기라도 하다는 말씀이십니까?”

“아니, 그런 걸 입으려면 무공이 걸맞게… 헌데, 무공 좀 하우?”

상노야가 의심스런 눈으로 무백을 쳐다봤다.

“무공을 좀 하면 저런 걸 입겠어요? 아, 다른 말 필요 없고 백 냥 줘요.”

턱이가 상노야의 술수에 무백이 말려들어 값을 깎일까 봐 재빨리 나섰다.

“내가? 왜?”

“왜? 지금 왜라고 하셨어요? 감정 끝났으면 돈 줘야지 무슨 말이 그래요? 사기 칠 생각 말고 어서 돈 내놔요.”

턱이는 상노야에게 지지 않고 소리쳤다.

그 모습을 옆에서 지켜보던 무백은 자신도 모르게 웃음을 터트렸다. 지금 이 순간만큼은 턱이가 자신보다 훨씬 어른스럽게 느껴진 탓이다.

“이놈아, 내가 언제 사기를 쳤냐?”

“아, 지금 하는 게 사기지, 다른 게 사기예요?”

“은자 백 냥이 어린애 이름이냐? 달라고 하면 뚝 떨어지게.”

“그럼 뭐예요?”

"제값을 받으려면 그렇다는 게야. 천군보의(天君保衣)가 확실하다면."

"천군보의요? 헉! 그 처, 천군보의요?"

턱이는 천군보의란 이름을 기억해 내고 입을 쩍 벌린 채 물었다.

"그래, 그 천군보의."

"서, 설마… 억! 억!"

"뭐? 말을 해야 알아듣지!"

"마, 말도, 말도, 말도……."

턱이는 턱이 빠지기라도 한 것처럼 같은 말만 계속해서 되뇌었다.

"왜 그렇게 놀라느냐, 턱아?"

무백이 턱이의 반응에 의아한 표정으로 물었다.

"으? 으으… 아아… 으으……."

턱이는 눈을 부라리며 무백이 입고 있는 무복을 쳐다보고는 상노야를 돌아봤다가 다시 으르렁거리는 표정을 지었다.

"호오, 이것 봐라? 설마 자네, 천군보의가 뭔지 모르는 건가?"

상노야의 주름진 눈이 가늘어졌다.

턱이가 데려와 감정까지 해주긴 했지만 어딘가 이상했다.

상노야는 무공을 익힌 적은 없지만 수많은 강호인을 상대하며 눈썰미만큼은 웬만한 고수 못지않다고 자부하고 있었다.

무백은 아무리 봐도 무공을 익힌 적이 없어 보였다.

'턱이 저놈이 당차서 귀여워해 주었지만 저자가 입고 있는 게 천군보의라면 얘긴 달라지지.'

군자검을 가지고 나온 이유도 거기에 있었다.

혹시라도 진품일 경우 손에 넣겠다는 의도인 것이다.

군자검을 가지고 나온 이유도 거기에 있었다.

무백의 저 허연 목만 따면 보의를 가질 수 있었다.

그런데 왜 손이 마음대로 움직여 주지 않는 건지.

상노야는 왜 마음이 불편한지 잘 알고 있었다.

젊은 날 욕심 때문에 한쪽 다리를 잃었을 때도 이런 기분이었고, 더 나이 들어 손자를 잃었을 때도 마찬가지였다.

아들 내외와 의절해 안 보고 산 지 십오 년이다. 이제 한 번 더 실수하면 아들 놈 얼굴도 못 보고 죽을지 몰랐다.

'이건 내 게 아닌 게야. 이 나이 될 때까지 그토록 많이 경험을 해놓고 또 실수를 하려는 게냐?

천양의 금 대인이라면 은자 백 냥이 아니라 천 냥이라도 주려 할 것이다.

"천양에 가서 금 대인을 찾게. 내가 보내서 왔다고 하고, 백 냥이란 말은 하지 말게. 그 사람이라면 알아서 값을 매겨

줄 테니까."

상노야는 그 말을 끝내고는 휑하니 모옥 안으로 들어가 버렸다.

"뭐래? 저 할아버지가 노망들었나? 아저씨, 저 할아버지가 지금 돈 더 줄 사람 소개해 준 것 맞죠?"

"그렇긴 한데, 내겐 지금 당장 돈이 필요하구나."

무백은 곤란한 표정을 지었다.

나중에 생길 천금보다 당장 담문에 대한 걸 조사해 줄 사람을 고용해야 하기 때문이다.

"아저씨, 그 옷 팔면 분명 제게도 몫이 있다고 하셨죠?"

턱이가 눈을 빛내며 물었다.

"그랬지."

"잠깐 기다려 봐요. 상노야, 저 안으로 들어가요."

턱이는 상노야의 허락도 받지 않고 안으로 들어갔다.

무백이 지금 당장 돈이 필요하다고 하니 돈 좀 빌려 달라, 돌아와서 반드시 두 배로 쳐서 돌려주겠다. 안에서 턱이가 상노야를 나름의 방법으로 협박 아닌 협박을 하는 소리를 들을 수 있었다.

잠시 후, 밖으로 나온 턱이의 손엔 은자 열 냥이 쥐어져 있었다.

무백은 턱이에게 그 돈을 받으며 상노야의 집에 대고 포권을 취했다.

"이 외진 곳에 고인이 계신지 몰랐습니다. 욕심이란 놈은 사람을 마귀로 만든다고 하지요. 이 물건은 제 조그만 감사의 표시이니 받아 주십시오."

무백이 차고 있던 검을 끌러 모옥 앞에 놓고 일어났다.

"아저씨, 그 검도 팔아요. 옷이 그 정도 값이면 검도……."

턱이가 막 몸을 날려 검을 잡으려 할 때였다.

턱이의 몸이 제자리에 굳은 채 꼼짝도 하지 못했다.

"턱아, 저 검은 내가 상노야께 드리는 선물이다. 원한을 잊으면 사내가 아니고 은혜를 모르면 사람이 아니라고 했다."

"상노야가 아저씨께 무슨 은혜를 베풀었는데요?"

"좋은 정보를 주셨고, 그냥 돌아가도록 해주었다."

무백은 담담히 말을 마치고는 꼼짝도 못하는 턱이를 옆구리에 끼고, 왔던 길을 되돌아갔다.

상노야는 모옥 안에서 무백의 말을 모두 듣고 있었다.

좋은 정보란 금 대인을 가리키는 것은 알겠지만 그냥 돌아가도록 해주었다는 말은 상노야로서도 의아한 말이었다.

모옥 문을 열고 나가니 무백이 놓고 간 검이 일자로 바닥에 누워 있었다.

상노야는 조심스럽게 검을 들었다.

"……!"

묵직했다.

무언가 생각나 안으로 들어가 군자검을 들고 나왔다.

무백의 검을 뽑으니 묵빛 검신이 빠져나왔다.

왜 그런 생각을 했을까?

상노야는 묵빛 검날을 위로 가도록 세운 후 군자검을 뽑아 들어 힘껏 내리쳤다.

캉!

요란한 소리가 났으나 두 검 모두 멀쩡했다.

"쩝. 괜한 기대였……."

상노야의 목소리는 더 이상 나오지 않았다.

햇살을 받은 군자검의 모양이 달라졌기 때문이다.

검날이 빠져 있었다.

가볍게 때린 것뿐인데 명검인 군자검의 검날이 빠진 것이다.

상노야는 그대로 주저앉으며 식은땀이 옷에 닿는 걸 느껴야 했다.

무백의 '그냥 돌아가도록 해주었다'는 말뜻을 이제야 알 것 같았다.

상노야의 욕심을 알고서 그리 말한 것이다.

"이 검은 오늘부터 우리 가문의 가보다. 내 느낌은 한 번도 틀린 적이 없다. 그 청년, 분명 언제고 천하제일을 다투는 고수가 될 사람이다. 아니, 어쩌면······.”

상노야는 혹시라도 누군가 들었을까 봐 조심스런 눈으로 주위를 살피곤 군자검과 무백의 검을 들고서 모옥 안으로 들어갔다.

잠시 후, 모옥 안에서 한 마리의 비둘기가 어딘가로 날아갔다.

第三章
천군보의

무백은 상노야에게 받은 은자 한 냥을 턱이에게 건넸다.

턱이는 의아한 표정으로 무백을 쳐다봤다.

"이걸 왜 주세요?"

"부탁할 게 있어서 주는 거다."

"무슨 부탁이요? 말씀만 하세요."

"내가 이곳 지리를 모르거든."

"아! 걱정 마세요. 제가 천양까지 가는 길과 금 대인의 집
을 알아둘게요. 그것 때문에 그러는 거죠?"

"……."

무백은 턱이를 신기한 눈으로 쳐다봤다.

"그렇게 볼 것 없어요. 제 몫은 분명 은자 한 냥이 아닐 테니 확실하게 해두려는 것뿐이니까요. 그렇죠, 아저씨?"

턱이가 당찬 표정으로 무백에게 대답을 요구했다.

무백은 그런 턱이가 조금도 싫지 않았다.

당연한 요구였고 어차피 그렇게 할 생각이기 때문이다.

"맞다. 내가 잠시 헛갈렸구나."

"그쵸?"

턱이는 무백이 순순히 자신의 말을 인정하자 신이 나서 펄쩍 뛰어올랐다.

"그럼 이렇게 하자. 이 한 냥으로 갈아입을 옷과 맛있는 식사를 하는 걸로 말이다."

"헤헤. 진즉에 그리 말씀하시지. 제가 먼저 가서 아저씨한테 맞는 옷감 준비하라고 할게요."

"네 것도."

"예? 저는 이게 편한데요?"

"함께 움직여야 하니 그렇게 하는 게 좋겠다."

"…예."

턱이는 무백의 말에 잠시 얼빠진 표정을 지었다가 신이 나서 은자를 품에 넣었다.

은자 한 냥이면 열흘 내내 음식 때문에 걱정할 필요도 없고 대경이 새끼에게 줄 돈도 대충 메울 수 있었다.

　무엇보다, 앓고 있는 친구의 약값을 댈 수 있다는 것이다.

　‘옷이야 대충 그동안 꿍쳐 둔 돈으로 해결하고, 이건 짱구 녀석 약값을 해야지. 이거 주면서 평생 형이라고 부르라고 해야지. 헤헤.’

　턱이는 앞통수가 유난히 튀어나온 친구를 떠올리며 활짝 웃었다.

　“근데 네 진짜 이름이 뭐냐?”

　“이름이요? 그런 건 없고 그냥 턱이라고 부르세요. 제 턱이 좀 나와서 다들 그렇게 부르거든요. 사실, 이름이 있는지도 모르고요. 헤헤.”

　턱이는 자신의 턱을 문지르는 시늉을 했다.

　하관이 네모난 것을 또래들이 놀리다 그리 정해진 모양이다.

　“천양은 여기서 며칠 거리지?”

　“음. 듣기로는 열흘 정도 걸린다고 하는데 자세히는 모르겠어요. 하지만 아무 걱정 마세요. 반드시 금 대인을 만나게 해드릴 테니까요.”

　“지리도 모르면서 어떻게 그리 자신하지?”

　“그래야 할 이유가 있거든요. 조금 전에 주신 은자 한 냥과 금 대인을 만나고 나서 주실 돈이 제겐 반드시 필요하거든요.”

턱이가 강한 눈빛을 하며 무백을 처다봤다.

"그러고 보니 나이도 안 물었구나."

"정확히는 몰라도 상노야의 욕을 들어보면 대충 열서넛 정도 된 것 같아요."

"욕?"

"지금보다 더 어릴 때는 쥐방울만 한 놈, 콩만 한 놈이라고 번갈아 가면서 하다가 이태 전부터는 개 호로자식이라고 해요. 열 살 넘는 애들에게 하는 욕일 거예요."

무백은 웃으며 고개를 끄덕였다.

상노야의 욕으로 나이를 가늠하는 턱이의 태평한 성격이 마음에 들어 그리한 것이다.

"열서넛. 알았다."

"그럼 금방 다녀올게요."

"어딜?"

"갈아입을 옷이 필요하다면서요?"

"그래."

"금방 다녀올 테니 조양루에 가서 식사하고 계세요. 제 것까지 넉넉히 시키는 것 잊지 말구요."

종알종알 부리나케 떠든 턱이는 조양루를 가리키고는 골목으로 사라졌다.

무백은 정신이 하나도 없게 만들고 사라지는 턱이를 보며 그저 웃기만 했다.

조양루란 이름이 크게 걸린 것으로 봐서 장사가 잘되는 곳인 모양이다.

안으로 들어가자 요리 냄새와 사람들의 와자지껄한 소리가 가득했다.

천정이 높아서 그나마 덜 시끄럽게 여겨지기는 했지만 홀로 지내던 무백에겐 꽤나 곤란한 장소였다.

"어서옵셔!"

점소이가 큰 소리와 함께 꾀죄죄한 수건을 한쪽에 걸친 채 다가왔다.

"적당한 자리로 부탁하네."

"저쪽으로 가시면 빈자리가 있을 겁니다."

"……."

무백은 당연히 자리를 안내할 거라 여겼던 점소이가 훌쩍 몸을 돌려 다른 곳으로 가자 황당한 표정이 됐다.

수많은 주루를 다녀봤지만 지금처럼 무례한 점소이를 만난 적이 없기 때문이다.

점소이를 다시 불러 자리를 안내하도록 시키려 했지만 주루의 분위기가 그러기엔 지나치게 시끄러웠다.

무백은 어쩔 수 없이 점소이가 알려준 곳으로 갔다.

창가 쪽과 주루 안쪽에 둘이 앉을 만한 자리가 비어 있었다.

아무래도 창가 쪽이 마음에 들었다.

막 무백이 자리에 앉아 창밖을 내다볼 때였다.

"오늘 골목에 시체 쌓이겠네. 크."

탁주를 동이로 들이켠 사내가 입가를 손으로 슥 문지르며 말을 꺼냈다. 반대편에 앉은 사내가 동이를 받아 벌컥거리며 마시고는 고개를 끄덕였다.

무백의 관심은 자연스럽게 두 사내에게로 향했다.

골목이란 말 때문이다.

"그놈 아주 독해."

"누구?"

"아, 왜, 그 새끼 있잖아. 사슬낫 돌리는 놈."

"대병이?"

"그래. 그 미친놈이 요즘 노름에 빠져 데리고 있는 애들 닦달하는 모양이더라구. 그런다구 나올 돈이면 벌써 나왔겠지."

아주 잠깐 사내에게서 딱하다는 표정이 나왔다.

골목길의 생리를 잘 아는 말투였다.

"옆 동네 달구하고 아랫동네 모삼이 한번 칠 것 같아. 아까 보니 몇 놈 보이기도 하는 것 같던데."

"요즘 애들은 하여간."

"그러게 말이야. 이럴 땐 예전의 탁 형이 그립지. 안 그런가?”

“탁 형은 무슨. 다리병신이 뭘 할 수 있다고.”

“빈말 아냐. 달구하고 모삼이 놈이 이곳까지 먹으면 상노
야께서도 위험해진다구.”

두 사내의 입에서 상노야란 말이 나오자 무백의 표정이 살
짝 굳어졌다.

‘턱이가 말하던 그 대병인가?’

턱이는 아이들에게 손짓하며 빠르게 골목을 헤쳐 나갔다.
뒤따르는 아이들은 모두 얼굴이 붓거나 피를 흘리고 있었다.

“개새끼, 반드시 죽이고 말거야.”

턱이가 이를 갈며 주먹을 쥐었다.

의원에 가서 짱구에게 먹일 약을 부탁하고 골목으로 돌아
가자 쭉 찢어진 눈매에 삐뚤어진 입꼬리를 한 대병이 아이들
을 무지막지하게 패고 있었다.

걸리면 턱이도 꼼짝 없이 맞아야 할 상황이었지만 숨을 생
각도 안 하고 대병에게 달려갔다.

두목에게 덤비면 어떻게 될지 잘 아는 턱이지만 제대로 맞
은 짱구가 기절하는 것을 보자 피가 거꾸로 돈 것이다.

대병은 달려드는 턱이를 보며 코웃음 쳤다.

“안 그래도 네놈을 찾고 있었다. 오늘 물주 하나 물었다는

얘기를 들었거든."

대병이 손마디를 꺾으며 달려드는 턱이를 향해 주먹을 내뻗었다.

기본적으로 덩치에서 상대가 되지 않았다.

달려드는 턱이를 대병의 부하 둘이 붙잡아 허공에 대롱대롱 매달리게 만들고는 대병이 그만둘 때까지 때리게 했다.

"받은 돈 어뎠어?"

"…없어."

"그래? 그럼 이 두목이 직접 받아주지. 놈이 어디에 묵는지만 말해."

"……."

턱이는 침을 질질 흘리면서도 고개를 흔들었다.

'아저씨에게 뺏긴 비수만 있었으면. 용기? 장난해, 이 빌어먹을 아저씨야!'

무백은 분명 용기가 있으면 비수를 사용하지 않고도 얼마든지 해결할 수 있다고 했다. 하지만 지금 상황에서 턱이가 무엇을 할 수 있단 말인가?

"어디 있냐고!"

대병이 턱이를 다시 때리려 할 때였다.

"두목!"

누군가 대병을 불렀다.

대병이 짜증스러운 표정으로 자신을 부른 부하를 돌아봤
다.

"노, 놈들이 오고 있어!"

"놈들? 누구?"

"다, 달구하고, 모, 모삼이 말이야!"

"달구하고 모삼이 중 누구?"

"같이 오고 있다고!"

"……!"

대병의 표정이 처음으로 굳었다.

달구와 모삼은 옆 동네와 아랫동네의 두목들이다.

둘이 함께 왔다?

비상사태인 것이다.

"튀어!"

대병은 말을 하자마자 제일 먼저 몸을 날렸다.

지금까지 해왔던 대로 몸만 멀쩡하면 언제든 이 구역이야
되찾을 수 있었다.

'달구 이 멍청한 놈. 다음엔 지 차례란 걸 모르고 모삼이
편을 들다니.'

대병은 모삼이란 자를 싫어했다.

어릴 때 두목을 찌른 자가 모삼이란 것을 잘 아는 까닭이
다.

“어이, 대병아. 어디 가?”

대병이 막 골목을 돌아 산 쪽으로 가려 할 때 앞을 가로막
는 일단의 사람들이 있었다.

보기만 해도 싫은 썩은 눈의 모삼이 팔짱을 끼고 대병에게
말을 건넸다.

“흐흐흐. 모삼 형, 역시 대단해. 항복, 살려만 줘.”

대병은 곧장 자리에 무릎을 꿇고 양손을 들어 저항할 생각
이 없음을 드러냈다.

“그런다고 네놈 부하들이 올 것 같냐? 어차피 거긴 달구가
전부 족치고 있어.”

“얼마. 말만 해. 다달이 정기적으로 바칠게.”

대병은 부들부들 떨리는 입술로 웃으며 말을 이었다.

“돈을 바치겠다?”

“벌써 그랬어야 하는데 형도 아시다시피 사정이 좋질 않아
서…….”

“그런 놈이 노름은 무슨 돈으로 그렇게 했냐?”

“그, 그러야…….”

“상납이야 싫진 않은데 그것보다 더 좋은 게 있어서 거절
해야겠다.”

“……?”

“그냥 이 구역하고 달구 구역하고 다 먹으려고.”

"호호호. 너무 욕심 부리면 오래 못 살아, 모삼 형."

"욕심? 이미 그렇게 하기로 했다. 그래서 말인데 본보기가 필요하단 말이지."

"뭐, 뭐든지 다 할게. 죽이지만 말아줘, 형."

대병은 모삼의 바지 자락이라도 잡을 것처럼 무릎으로 기어갔다.

"그러지 마라. 너무 없어 보이잖아. 그런다고 살려줄 것도 아닌데. 오늘 이곳에 있는 네놈 따까리들은 전부 죽어."

모삼이 잔인한 웃음을 지으며 그대로 대병의 얼굴을 찼다.

퍽!

"끌고 와."

모삼의 명령에 건장한 사내 둘이 대병을 질질 끌며 아이들이 있는 곳으로 갔다.

그곳으로 가자 주먹코에 근육이 불룩불룩한 이십 대 청년이 아이들을 한자리에 모아놓고 동이 술을 마시고 있었다.

"오! 오셨소, 형!"

"달구야, 달구야."

모삼은 술동이를 내려놓고 벌떡 일어나 인사하는 달구를 보며 한심한 듯 쳐다봤다.

"말한 대로 애들은 다 모아놨수."

"잘했다. 도망치지 못하게 포위해."

모삼의 말이 떨어지자 달구는 부하들을 시켜 대병의 부하들과 애들을 둘러싸도록 지시했다.

"애들이 어려서 도망치고 자시고 할 것도 없수."

"달구, 가서 상노야 불러와."

"에? 상노야는 왜……."

"그 노인네가 참견해서 십 년 전에 먹었어야 하는 이곳을 못 먹었잖아. 대가를 치러야지. 안 그래?"

"잘 알지."

달구는 속으론 내키지 않았으나 상노야를 데려오지 않으면 자신이 곤란해질 것을 알고 있었다.

"보자보자 하니까 아주 바닥까지 갔구나, 모삼 이놈!"

모삼이 고개를 끄덕이려는 순간 골목 입구에서 호통이 터졌다. 그리고는 두 명의 사내가 천천히 걸어왔는데 한 명은 발을 절고 있었다.

"흐, 흑 형?"

달구가 다가오는 절름발이 사내를 알아보고 반신반의하는 얼굴로 물었다.

"달구야, 애들은 풀어줘라."

"흑 형 맞네! 하하하. 아직 살아 있었수?"

"애들은 풀어주라고."

흑 형의 말에 달구는 머리를 긁적이며 입맛을 다셨다.

"예전에 모시던 형님이라 대우해 주려 했더니 명령은. 그만 돌아가슈, 노땅들은."

"니들이 상노야를 입에 담지 않았으면 그랬을 거다. 하지만 상노야를 건드리려면 내 시체를 밟아야 할게다."

"파하하!"

모삼이 흑 형의 같잖은 경고에 머리를 양손으로 쥐며 웃었다.

"이건 뭐, 경극도 아니고 왜케 웃겨! 푸하하!"

한 번도 본 적 없는 경극까지 입에 올리며 모삼은 배를 움켜쥐었다.

"한물간 놈들이 주제도 모르고 나서? 흑가야, 잘 왔다. 안 그래도 상노야를 찾으면 그 다음엔 네놈을 찾으려 했거든. 십 년 전 빚을 갚아야지."

"속 좁은 놈."

"속이 좁아? 원래 여긴 내 거였어. 그 말 한마디로 흑가 너는 죽었다. 상노야가 걱정되냐? 그래서 상노야도 죽인다. 또, 아! 얘네 건들지 말라고 했지? 다 죽인다. 다!"

모삼은 광기를 드러내며 고래고래 소리를 질렀다.

이 정도쯤 되면 말려야 하는 수준이었다.

그때, 어디서 날아왔는지 모삼의 바로 앞에 묵직한 물체가 떨어졌다.

픽!

무언가 튀어 모삼의 얼굴에 묻었다.

"뭐, 뭐야!"

"데려갈 사람이 거기에 있어서 나섰다."

흑 형이 들어왔던 골목 입구에서 한 청년이 모습을 드러냈다.

적당히 혼란스러워지면 턱이를 데리고 사라지려 했지만 모삼의 행동이 마음에 들지 않아 나서고 만 무백이었다.

"데려갈 사람?"

"그래. 옆으로 비켜주겠소?"

무백은 흑 형 옆을 지나며 슬쩍 돌아봤다.

"자, 자네는 우리 옆자리에 있던……."

흑 형은 무백을 알아보고 깜짝 놀랐다.

오래된 무복을 입고 처량하게 앉아 있던 잘생긴 청년을 어떻게 기억하지 못하겠는가.

나선 걸 보니 한 수 있는 청년인 건 알겠지만, 모삼이 데려온 숫자는 강호인 중에서도 제법 이름 난 자가 아니면 감당하기 힘들었다.

"이보게, 저들 숫자가 안 보이나?"

"제 눈엔 한 명밖에 보이지 않는군요."

무백은 대답과 함께 한 발을 앞으로 내밀었다.

이들을 상대로 보법까지 펼칠 필요는 없었으나 일일이 상
대할 시간이 무백에겐 없었다.

철썩!

골목 안의 모든 시선이 일제히 소리 난 곳으로 집중됐다.

모삼이 빙그르 허공에서 몇 차례 돌다가 이내 떨어졌다.

털썩.

모삼의 앞에는 골목 입구에서 봤던 무백이 서 있었다.

왈패들은 그제야 무백이 보통사람이 아님을 깨달았다.

고수, 그것도 자신들 정도는 손가락 하나로 죽일 수 있는
고수였다.

"사, 살려주……."

모삼은 잠깐 기절했다 일어나며 살려달라는 말을 되풀이
했다.

무백이 나서기 전에 모삼은 자신의 발밑에 떨어졌던 물체
를 살폈다. 오래 살필 것도 없었다. 모삼이 거금을 들여 낭인
시장에서 데려온 일급고수였기 때문이다.

든든한 지원군이 소리도 없이 죽었다는 생각에 공포를 느
낀 순간 무백의 손이 모삼을 기절시킨 것이다.

달구를 부릴 수 있게 해준 낭인이 사라졌다.

달구 역시 낭인을 알아보고 덜덜 떨었다.

"저, 저는 저 미친놈과 아무런 상관이 없습니다. 그, 그자

가 죽이겠다고 협박을… 사, 살려 주십시오, 대협!"

달구는 자신이 데려온 부하들과 함께 무릎을 꿇었다.

무백은 그런 모삼과 달구를 지나쳐 기절해 있는 턱이를 안았다.

무백이 뒤로 돌아서자 골목에 있던 모든 덩치들이 일제히 무릎을 꿇었다.

복종을 하겠다는, 무백이 가진 힘에 무릎을 꿇는다는 뜻이다.

"저자는 오래 살지 못할 겁니다."

무백은 얼굴이 원래보다 배는 부어 있는 모삼을 가리켰다.

"이 아이를 때린 저자도 마찬가지고요."

무백의 시선이 이번엔 대병을 향했다.

이미 골목 안으로 들어서며 손을 써놓은 상태였기에 대병의 전신은 축 늘어져 있었다.

"이곳에서 당신에게 대항할 사람은 없습니다. 당신의 말이 곧 법이오."

흑 형이 고개를 가로저으며 대답했다.

무백은 이미 이백 명이 넘은 덩치들을 굴복시켰다.

뒷골목의 생리는 강자 존.

애초에 마도를 추구하는 무리이니 당연한 힘의 논리일 수밖에 없었다.

“내 말이 법이다?”

“그렇소.”

“……”

무백은 흑 형을 쳐다봤다.

주루 옆자리에서 짤막한 사연을 들은 뒤였다.

“이 자리에 있는 사람들은 전부 내 말을 따라야 한다는 건가요?”

“물론이오.”

“잘됐네요. 그럼 앞으로 이곳의 모든 권한을 당신에게 넘기겠습니다.”

“……!”

흑 형이 깜짝 놀라 입을 닫았다.

이곳에 있는 모든 사람이라고 스스로 말했으니 당연히 그도 포함된다. 하지만 그는 오래 전에 뒷골목을 떠났고 다리도 불편해서 이곳과는 맞지 않는 사람이었다.

그러나 무백은 흑 형이 무슨 말을 하기도 전에 말을 이었다.

“나는 볼일이 있어서 내일 이곳을 떠난다. 얼마나 걸릴지 모르지만 분명 이곳으로 다시 온다. 그때.”

무백이 잠시 말을 끊었다.

무릎을 꿇은 이백 명의 덩치들이 움찔 몸을 떨었다.

무백은 흑 형을 보며 손바닥을 들었다.

이름을 묻는 것이다.

"흐, 흑광이오."

"이분은 조양루 이 층에 계실 테고, 애들은 더 이상 사람들 주머니를 털지 않을 것이며, 너희는 함부로 사람을 패지 않고 있어야 한다. 그렇지 않을 시엔."

쾅!

무백이 발을 굴러 골목 안쪽에 커다란 웅덩이를 만들었다.

"이런 구덩이를 여러 개 만들어서 다 채울 것이다."

담담한 어조였으나 이백여 명의 귀엔 무백의 한마디 한마디가 고스란히 꽂혔다.

일곱째 의형 동악의 음공(音功) 중 만통(瞞通)이란 수법이었다. 상대로 하여금 소리만으로 공포를 느끼게 하는 것으로 많은 수를 제압할 때 효과적이었다.

무백이 낸 소리는 발 구름 소리와 목소리뿐이었으나 그 소리를 들은 이백여 명은 엄청난 중압감을 느끼며 저항할 수 없게 된 것이다.

'대단하다. 말 몇 마디가 저런 위력을 발휘할 수 있다니. 이분은 분명 신인이실 거다.'

일반인들은 가늠할 수 없는 능력을 가진 사람을 신인이라 칭하며 경외감을 가질 수밖에 없었다.

흑광 또한 뒷골목에서 잔뼈가 굵었다고는 해도 평범한 사람에 불과했다.

무백의 전신에서 뿜어지는 기운과 능력은 그에겐 신과 다름없게 보였다.

"잘하리라 믿겠습니다."

"신인께서 맡겨주신 임무. 이 흑 모가 목숨을 걸고서라도 해내겠습니다."

흑광의 눈빛이 변했다.

무백의 입장에선 사실 이 작은 골목이 언제고 성장하여 마의 무리가 될 소지가 있다면 없애야 하는 것이 옳았다.

그러나 턱이와 아이들을 사부처럼 데리고 갈 수도 없고 책임질 상황도 아니잖은가? 흑광의 자기 나름의 뒷골목 철학이 마음에 든 것도 내버려두는 이유가 됐다.

흑광은 아마도 잘해낼 것이다.

"먼저 가 보겠습니다."

"살펴 가십시오."

흑광은 정중하게 허리를 굽히며 양손을 포갰다.

그가 고개를 들었을 때는 이미 골목 어디에도 무백의 모습은 보이지 않았다.

진정한 신인.

앞으로 다시는 못 볼 수도 있겠지만 흑광으로서는 죽을 때까지 잊지 못할 순간이었다.

*　　　*　　　*

조양루로 돌아온 무백은 턱이를 안고 방을 잡았다.

퉁퉁 부은 얼굴을 보니 마음이 좋지 않았다.

턱이의 후두부와 어깨, 관절 등을 만져 보니 생각보다 나쁘지 않았다.

무공을 전혀 익히지 않은 것을 고려하면 꽤나 괜찮은 몸을 타고난 것이다.

무백은 잠시 물러나 생각에 잠겼다.

'앞으로 며칠이나 함께 있을지 모르지만 어차피 이곳으론 돌려보내지 못한다. 그렇다고 사부님께서 나를 거둬 주셨듯이 턱이를 거두진 못한다. 사부님처럼 할 수 없다면 애초에 섣부른 친절을 베풀어선 안 된다.'

무백의 시선이 턱이에게 고정됐다.

어린 시절의 자신을 생각나게 해준 녀석.

이곳으로 다시 돌려보낼 생각은 없었다.

앞으로 만나게 될 의형들의 가족에겐 그분들의 무공도 전해주어야 한다.

'역시 다른 방법을 찾아봐야겠다.'

생각과 달리 무백의 손은 이미 턱이의 전신을 주무르고 있었다.

추궁과혈(追宮過穴)로 상한 내부를 다스려 주어 내일까지 움직이는 데 지장 없도록 해줄 생각이었지만, 무백의 손길은 그 정도에서 그치지 않았다.

다음을 염두에 두고 턱이의 몸을 꼼꼼히 살폈다.

같은 경로로 진기가 흐르도록 해주는 것도 중요하지만, 전혀 다른 경로의 진기를 자신의 의도대로 다루도록 해주는 것이 더욱 중요하기 때문이다.

'다음이라니. 이 무슨.'

무백은 턱이의 몸에서 손을 떼며 자신도 모르게 한숨을 내쉬었다.

더 살펴보다간 턱이의 임독양맥을 타통시켜 몸 안에 우주를 만들어 놓기라도 할 것 같았기 때문이다.

지금의 무백은 충분히 그런 능력이 있었다.

아홉 의형의 진신내력을 모두 받은 무백은 이전과 비교해 크게 달라진 상태였다.

'그러고 보니 정작 내 몸이 어떻게 바뀌었는지는 관심을 두지 않았구나.'

무백은 턱이 덕분에 몸을 살펴볼 생각이 들었다.

방바닥에 가부좌를 틀고 앉아 몸 안을 관조하는 시간으로 들어갔다.

방 안은 그 상태로 정지됐다.

조용히 타들어가는 초를 제외하면 방 안에서 움직이는 것은 아무것도 없었다.

초는 새벽이 밝아오기 전에 몸을 다 태웠고 서서히 밝아오는 하늘은 조금씩 푸른 제 몸을 드러내기 시작했다.

"끙……."

먼저 눈을 뜬 것은 턱이였다.

양손을 번쩍 들어 나란히 올렸다가 몸을 뒤틀고는 그제야 벌떡 자리에서 일어났다.

"어? 여긴 어디… 얼래? 내가 왜 여기에… 아, 맞다. 나 대병이 새끼한테 엄청 맞았는데. 어? 아저씨?"

턱이는 깔끔한 방 안과 멀쩡한 몸이 신기해 어리둥절해 있다가 가부좌를 틀고 앉아 있는 무백을 발견하고 깜짝 놀라 불렀다.

요동도 없던 무백의 감겼던 눈이 스르르 열렸다.

"일어났느냐?"

"제가 왜 여기에 있어요?"

"왜긴. 오늘 천양으로 떠나기로 했잖느냐?"

"아… 그러긴 했지만 제가 어제 골목에서… 근데 제가 여기에 있는 걸 보면 아닌 것 같기도 하고, 아저씨를 따라 온 걸

기억 못하는 걸 보면… 으으, 모르겠다."

턱이는 고개를 절레절레 흔들며 고개를 푹 숙였다.

"씻어라. 아침 먹고 부지런히 걸어야 할 테니."

"…예. 저기, 밥 먹기 전에 잠깐 어디 좀 다녀오면 안 돼요?"

"어딜?"

"짱구란 친구가 있거든요. 어제 의원한테 약을 받기로 했는데 못 갔거든요."

"약?"

"예. 돈도 다 줬으니 찾아오기만 하면 돼요."

"돈?"

"……."

턱이는 무백이 되묻자 입을 닫았다.

무백에게 받은 은자를 약값으로 썼다고는 할 수 없잖은가.

"그건 가는 길에 부탁하기로 하자."

"에이, 안 돼요. 누가 짱구에게 그런 일을 해줘요. 제가 가야……."

"턱아, 나와 약속을 했잖느냐. 약속을 어긴 건 어제 한 번이면 된다."

"예?"

턱이는 멍한 눈으로 무백을 쳐다봤다.

어제 약속을 어겼다?

무백의 담담한 눈을 보자 알게 됐다. 어제 일은 꿈이 아니었다는 것을.

"아저씨, 아침밥 안 먹을게요. 아저씨가 밥 먹는 동안 재빨리 가서 약만 전해주고 올게요."

턱이는 입이 덜덜 떨려왔다.

무백이 무표정하게 바라보니 온몸이 저리고 어찌할 바를 모르겠는 것이다. 하지만 짱구를 생각하며 용기를 냈다.

"안 된다."

"아저씨, 제가 안 가면 짱구는 죽을지도 몰라요! 제발 부탁드릴게요."

"말했잖느냐. 떠나는 길에 부탁한다고."

"누구한테요? 누가 짱구나 나 같은 놈이 죽는다고 얼씨구나 의원에게서 약을 타다 갖다 주겠냐고요!"

"…후, 이렇게 고집이 세서야. 알았다. 짱구에게 가는 건 아침 먹고 생각해 보기로 하자."

무백은 단단히 마음먹은 턱이의 눈을 보고 고개를 가로저었다. 아무리 대단한 사파의 고수라고 해도 눈 하나 깜짝 안 하던 무백이었지만 강짜 부리는 아이에겐 두 손을 들어야 했다.

"감사해요, 아저씨."

턱이의 얼굴이 환해졌다.

무백과 턱이는 방을 나와 이 층으로 내려갔다.

무백은 무복 차림이었고 턱이는 대충 구한 옷을 접어서 입었다.

턱이는 방을 나오자마자 코를 벌름거리며 냄새를 맡아댔다.

"이거구나. 이 냄새였어. 새벽마다 이 냄새가 저하고 애들을 얼마나 괴롭힌 줄 아세요? 언제고 반드시 이 냄새를 먹겠다고 다짐했는데 다음으로 미뤄야겠네요."

몸까지 부르르 떨며 조양루의 음식을 얼마나 먹고 싶은지를 전신으로 표현했다.

"먹으면 되지."

"에이, 약속했잖아요. 아침 안 먹는 대신 짱구에게 다녀오기로요."

'기특한데?'

무백은 턱이의 약속을 지키려는 행동에 적잖이 감탄했다.

막 두 사람이 이 층 구석 빈자리로 향할 때, 누군가 다가와 대뜸 허리를 숙였다.

"신인을 뵙습니다."

"흑 대인이셨군요."

무백은 이미 흑광이 있음을 알고 있었다.

"대, 대인이라니요. 당치 않으십니다. 어제는……."

"턱이와 아침을 먹으려고 합니다."

무백이 대수롭지 않게 말하며 말을 잘랐다.

"예? 아! 죄, 죄송합니다. 제가 눈치없이. 아무튼 시키실 일
이 있으시면 언제든 불러만 주십시오."

흑광의 대답에 그냥 지나치려던 무백은 멈춰 섰다.

"한 가지 부탁할 것이 있긴 합니다."

"예? 뭡니까? 말씀만 하십시오."

"턱이의 친구 중에 짱구란 아이가 있습니다. 아픈 모양인
데 의원에게 약만 주문하고 가져다주지 못했던 모양입니다.
짱구가 낫도록 돌봐 주시겠습니까?"

"지금 당장 조치를 취하겠습니다."

흑광은 신으로부터 명령을 받았다는 것에 감동하여 얼굴
이 붉어지더니 허리가 접힐 정도 인사를 하고는 자리로 돌아
갔다.

흑광이 가서 앉은 자리는 어제 저녁 그 자리였다.

무백의 한마디로 흑광의 고정자리가 생긴 것이다.

"아, 아저씨… 저, 저… 저분 아세요?"

턱이는 흑광이 다가오는 것을 보고 겁먹은 눈으로 자리에
앉지도 못하고 있다가 무백을 향해 허리를 접는 모습을 보자

입을 쩍 벌리고 말았다.

대병이가 함부로 대하지 못했던 사람이 있다면 저 흑광이 유일했기 때문이다.

그런 무서운 사람이 무백의 한마디에 쩔쩔맨 것이다.

"어제 알게 됐단다. 짱구를 돌봐달라고 했으니 그렇게 해 주실 거야."

"아… 저, 저분이 짱구를… 왜, 왜요?"

턱이는 이해할 수 없었다.

무백은 어제나 지금이나 똑같았다. 은자 한 냥으로 뭘 할지도 모르는 바보 같은 아저씨였다.

그런 사람에게 왕년의 이곳 두목이 말 잘 듣는 따까리처럼 자청해서 굴었다.

"네가 어제 기절해 있는 동안 많은 일이 있었다."

"제가 기절이요? 그, 그럼 꿈이 전부 진짜였던 거예요?"

"아마도 그럴걸?"

무백은 의문스럽게 대답하며 더 알고 싶어 하는 턱이의 시선을 외면해 버렸다.

"아저씨, 무슨 일이 있었는데요, 예? 예?"

"이제 이곳엔 대병이란 사람은 없다. 저 흑 대인이 이곳을 관리하게 될 거야. 물론 네 친구들이 이전처럼 혹사당하는 일은 없다."

“…에이.”

턱이는 말도 안 된다는 눈으로 무백을 쳐다봤다.

그 뒤로도 턱이는 무백에게 계속해서 질문을 했고 무백은 사실 그대로를 말해주었다.

잠시 후, 주루 이 층으로 건장한 청년 몇이 올라왔다.

이들은 계단에 올라서서 무백이 앉아 있는 탁자를 봤다가 몸을 덜덜 떨었다.

“짜, 짱구는… 의, 의원에게… 데, 데려다… 주었습니다.”

“어? 충삼이 형?”

턱이가 귀에 익은 목소리를 듣고 돌아보며 소리쳤다.

그러나 충삼이라 불린 청년은 감히 고개도 들지 못하고 자리에 서서 쩔쩔맨 채 대답도 하지 못했다.

“충삼이 형…….”

“턱아, 이제 안심할 수 있겠느냐?”

무백의 질문에 턱이는 멍한 눈으로 돌아보며 고개를 끄덕였다.

지난밤에 무슨 일이 있었는지는 몰라도 골목에 엄청난 일이 벌어진 것이 틀림없었다.

그리고 그걸 한 사람은 바로 턱이 눈앞의 잘생긴 아저씨일 것이다.

“다행이에요.”

턱이는 더 이상 짱구에 관한 걸 묻지 않았다.

충삼이의 한마디는 굳이 묻지 않아도 많은 것을 알게 해줬기 때문이다.

"그래. 다행이다."

무백은 턱이가 알아들은 표정을 짓자 웃기만 했다.

식사가 나오자 턱이의 식탐 본능이 식탁을 소란스럽게 만들긴 했지만 그 또한 나쁘진 않았다.

요란한 식사가 끝나고 무백이 턱이를 데리고 자리에서 일어날 때였다.

흑광이 절룩거리며 다가와 두루마리 한 장을 무백에게 건넸다.

"이게 뭡니까, 흑 대인?"

"어제 턱이가 천양에 가는 길을 물어봤다는 말을 듣고 수소문 좀 했습니다."

무백에게 어떤 식으로든 보답을 하고 싶다는 마음이 고스란히 느껴지는 배려였다.

"고맙습니다, 흑 대인."

"아이쿠, 그, 그런 말씀 당치 않으십니다."

"요긴하게 잘 사용하도록 하겠습니다."

무백은 두루마리를 받아 들다가 흑광을 쳐다봤다.

'턱이가 천양에 대해 물었다는 얘기만 듣고 지도를 구해온

다? 처세에 능한 분이었던 모양이구나.'

지나치면 아무 일도 아닐 수 있겠지만 무백은 쉽게 넘어가지질 않았다.

흑광이 두루마리를 건넨 의도를 읽은 탓이다.

만약 이곳에 무슨 사단이 나면 천양으로 연락할 테니 도움을 주십시오, 하는 의도가 담긴 두루마리였기 때문이다.

'차라리 잘된 거지. 그 정도로 사람을 읽을 수 있다는 뜻이니.'

무백이 흑광을 보며 웃었다.

흑광은 잠깐 동안 무백의 눈빛이 변하는 것을 보다가 이내 허리를 굽혔다.

굳이 말하지 않아도 무백의 웃음을 봤기 때문이다.

무백은 돌아서서 걷기 시작했고 어리둥절한 턱이는 재빨리 흑광에게 인사를 건네고는 쪼르르 달려갔다.

'절대 이 아저씨 곁에서 떨어지지 않을 테다!'

第四章
천군상

단극은 맥 빠진 표정으로 나뭇잎 하나를 뜯어 입에 물었다.

가을이라 날이 금방 저물었다.

어제도 밤새 움직이다 낮에 잠깐 눈 붙인 것이 전부이기에 기분이 꿀꿀해졌다.

"귀신이 곡할 노릇이네. 아무리 대단한 고수라도 흔적 하나쯤은 남길 법한데 말이야. 그자가 한 번에 이삼십 장을 도약할 수 있지만 그건 결국 이삼십 장에 한 번은 땅이나 나무에 내려선다는 거 아냐? 그럼 흔적이 있어야지. 절벽에서부터 이곳까지 땅이며 나무며 조사해 보지 않은 게 없어! 으으,

미치겠다. 어디로 사라진 거지?"

단극은 강에서 고수를 발견한 뒤 한 번도 쉬지 않고 길을 조사하며 이틀을 내달렸다.

오는 길에 마을 하나를 발견하긴 했지만 강을 뛰어넘어 갈 정도로 바쁜 고수가 거길 들렀을 리 없다는 생각에 지나쳤다.

지금은 무척 후회가 됐다.

"어차피 늦었는데 마을에서 편히 쉴 걸 그랬나. 노잣돈도 충분히 가져와 편하게 여행 삼아 가려고 했는데. 그 낮도깨비 같은 고수를 발견하는 바람에 이 무슨 생고생이냐고."

심드렁하게 푸념을 늘어놓던 단극은 말과 다르게 주위의 낙엽을 모아 불을 지피기 시작했다.

낙엽은 금방 타올랐고 그 위에 마른 나뭇가지를 올리고 나서야 단극은 자리에서 일어났다.

땔감과 요깃거리를 잡아올 생각인 것이다.

바스락—

먹잇감들이 분주히 이곳저곳에서 움직이고 있었다.

단극은 두꺼운 나뭇가지를 손으로 슥슥 깎아낸 후 어둠 속으로 사라졌다.

마을을 벗어난 무백은 지나온 거리를 몇 번이나 되돌아봐야 했다.

“아저씨, 좀 쉬었다 가면 안 될까요? 세상에 어떻게 한 번을 안 쉬고 걸어요, 예?”

턱이는 발도 아프고 배도 고프고 이러다 죽을지도 모른다며 엄살을 부렸다.

“턱아, 나는 빨리 천양에 도착해서 확인할 게 있다. 그것만 확인하면 되니 그때까지는 좀 참고 가면 안 될까?”

“천양까지 하루 이틀 거리도 아니고 어떻게 참아요? 거기 지도에 보면 나와 있잖아요. 제일 빨리 가는 길은 주봉산을 넘어 지관, 도묘를 지나야 해요.”

턱이는 어두워졌으니 쉬어야겠다는 자신의 생각을 관철시키기로 작정했는지 쉴 새 없이 떠들며 발걸음을 늦추려 했다.

“지도. 그래, 지도가 있었구나.”

무백은 마치 그제야 지도가 있다는 걸 깨달은 것처럼 허리춤에 끼워둔 두루마리를 꺼냈다.

“그럼요. 우리에겐 지도가 있다고요.”

턱이는 무백의 깨달음에 흡족한 표정으로 고개를 끄덕거렸다. 모든 것이 턱이가 말한 그대로라는 것을 깨닫게 되면 어쩔 수 없이 노숙할 준비를 할 것이란 확신이 든 것이다.

“턱이 네가 없어도 된다는 말인데…….”

“…에이, 그건 아니죠. 저 없이 찾는 게 쉬울 것 같으세요?”

“그렇지? 나도 그렇게 생각은 한다만…….”

무백이 지도를 유심히 쳐다봤다.

해가 넘어가긴 했어도 숲이라 많이 어두웠다.

'아무것도 안 보이면서 괜히. 헤헤. 그런다고 제가 넘어갈 줄 알고요?'

턱이는 속으로 고소를 짓고 있었다.

"고민되는구나."

"에이, 고민할 것 없어요. 적당히 자리 잡고 불 피워 배불리 먹고 잔 후, 내일 새벽에 또 길을 떠나는 거죠. 그때쯤이면 제 발도 많이 좋아질 거예요."

턱이가 환하게 웃으며 자신의 소망을 재잘댔다.

무백은 지도를 돌돌 말아서 다시 허리춤에 꽂았다.

"배가 고프냐?"

"예. 아주 많이요."

"알겠다. 그럼 일단 요기 좀 하자."

"예!"

턱이는 활짝 웃었다.

사람은 누구나 배부르고 등 따시면 쉬고 싶은 것이 진리다. 턱이는 그것을 아주 어릴 때부터 실천을 통해 경험해 왔다.

무백은 식사 후 더 걸을 생각이겠지만 턱이는 그럴 생각이 전혀 없었다.

'더 가고 싶으면 절 업고 가시든가요.'

턱이는 의미심장한 웃음을 짓고는 고기 굽기에 적당한 장소를 물색하며 걸음을 서둘렀다. 언제 다리가 아팠냐는 듯이 무척이나 씩씩했다.

'어쩔 수 없지.'

무백은 신이 난 턱이의 뒷모습을 보며 낮게 숨을 내쉬었다.

타다닥—

토끼의 몸에서 나온 기름이 모닥불에 닿아 타오르며 맛있는 냄새를 사방에 진동시켰다.

조금만 지나면 속까지 모두 익어 씹는 맛이 예술일 게 분명했다.

"나는 왜 이렇게 재능이 많은 거지? 몇 번 안 해본 요리를 이렇게까지 완벽하게 해낼 줄이야."

토끼를 잡을 때 사용한 완벽한 출수, 잡은 토끼의 가죽을 벗기고 내장을 꺼내던 완벽한 손놀림, 미리 준비해 놓은 불에 나뭇가지를 꽂아 올리는 것까지.

그야말로 요리를 위해 태어난 사람 같았다.

치이익—

꼬챙이를 타고 내려오던 기름이 모닥불에 닿아 다시 한 번 화려한 색을 뿜냈다. 이제 꼬챙이를 꺼내 그대로 입으로 가져가면 완벽한 요리를 재능 넘치는 무인이 먹게 되는 것이다.

"아, 음……."

단극은 꼬챙이 채 들고서 고기를 입으로 가져갔다.

그때, 아주 작은 움직임이 단극의 눈에 포착됐다.

모닥불을 지나치는 그림자.

'이, 이건…….'

굳이 올려다보며 확인하지 않아도 알 수 있었다.

'그자다!'

칠십 장 강폭을 건너뛰던 인간 같지 않던 고수.

단극의 입에 고였던 침이 바닥에 떨어지는 것과 동시에 토끼고기 역시 한 번도 물리지 않고 바닥에 꽂혔다.

단극이 완벽한 재능을 뽐내려 했던 자리엔 이제 주인공을 제외한 재료들만 남게 됐다.

화르륵— 타닥—

모닥불이 힘껏 몸을 비틀며 붉게 빛을 뿜었다.

쉬쉭—

무백의 걸음이 빠르게 허공을 갈랐다.

옆에 낀 턱이의 무게는 속도에 조금도 영향을 끼치지 못했다.

혼혈을 짚은 것이 마음에 걸리지만 무백의 급한 마음으로는 어쩔 수 없는 선택이었다. 턱이의 배고픔은 가는 도중에 적당한 곳에서 해결해 주기로 했다.

급한 마음에 앞쪽을 살필 겨를이 없었다.

어디선가 고기 굽는 냄새가 났으나 사냥꾼들이라 여기고 곧장 나무 위로 올라가 신법을 펼쳤다.

"음?"

몇 번의 도약을 했을 때였다.

뒤쪽에서 요란한, 적어도 무백의 귀엔 그렇게 들렸다.

다다다.

빠르게 땅이나 사물을 딛고 움직이는 소리였다.

누군가 무백을 쫓아오고 있는 것이다.

"거기 서시오!"

저 뒤쪽에서 젊은 목소리가 들려왔다.

무백은 뒤를 힐끔 돌아봤다.

회색빛 하늘 아래로 드문드문 무언가 올라왔다 내려가길 반복하는 것이 보였다.

무백을 쫓아온다?

무백이 지금까지 만난 사람들 중 저 정도의 신법을 펼칠 만한 고수는 없었다.

누군가와 헷갈린 모양이리라.

무백은 괜한 오해에 말려서 시간을 소비하기 싫었다.

'탄회하!'

무백의 발이 아주 가볍게 하늘거리는 나뭇가지 하나를 밟았다.

쉐액—

무백은 철벽을 힘껏 박차기라도 한 것처럼 무지막지한 속도로 쏘아갔다.

강대기가 만든 신법, 탄회하.

그 진정한 위력이 달빛을 가르며 허공을 가로질렀다.

발에 닿는 대상이 흔들리는데 어떻게 빛과 같은 속도를 낼 수 있을까?

강대기는 스스로에게 질문했고 그 답을 완성했다.

발에 닿는 대상을 돌처럼 단단하게 만들어 그걸 디딤으로써 그 누구도 얻지 못한 속도를 갖게 된다. 물론, 발이 사물에 닿는 찰나의 순간, 진기를 사물에 전해 경화(硬化)시킬 수 있는 경지에 오른 사람만이 가능한 일이다.

지금 그것을 무백이 아무렇지도 않게 해내고 있었다.

하나의 점이 회색빛 하늘 저편으로 사라지는 시간은 촌각도 걸리지 않았다.

"거기… 거기… 거기……."

단극은 그림자가 지나간 것을 느낀 순간 나무 위로 올라가 그림자의 주인을 찾았다. 얼마 지나지 않아 저 멀리서 엄청난 속도로 움직이는 점 하나를 발견할 수 있었다.

거기 서라고 소리쳤다.

단극의 신법으로는 쫓아갈 엄두가 나지 않으니 일단 상대의 호기심을 자극하자는 생각에서 지른 외침이었다.

그러나 상대는 멈추긴커녕 말도 안 되는 광경을 보여주고 말았다.

그림자를 발견하자마자 나무 위로 올라와 확인했을 때는 몇 십 장 정도 떨어진 것 같았는데, 단극이 소리를 지르고 난 후엔 사라져 버렸다.

"빤히 보고 있었는데… 눈앞에서 한순간에 사라져 버릴 정도의 고수면 도대체 어느 정도여야 하는 거야?"

단극은 사라져 버린 인영을 쫓아갈 엄두가 나질 않았다. 지금까지 보아온 그 어떤 고수도 저 정도의 능력을 보여주진 못했다.

나무 위에 선 채로 한동안 멍하니 인영이 사라진 방향을 쳐다보던 단극의 신형이 아래로 뚝 떨어져 내렸다.

"으아!"

바닥에 내려선 단극은 등에 차고 있던 창을 꺼내들었다. 두 개로 분리된 창은 곧 단극보다 머리 하나는 긴 장창으로 변했다.

콰콰콰!

거칠게 바람을 일으키며 창이 휘둘러졌고 주위의 나무들이 밑동만 남긴 채 쓰러지기 시작했다.

한참 힘을 뺀 단극은 창을 거두며 숨을 내뱉었다.

반경 이십여 장 가까이 숲이 망가져 있었다.

"어이, 형씨! 난 화룡을 부를 수 있다고! 나중에 내가 와룡문에서 무극곤(無極棍)을 익히면 그땐 지금처럼 놓치지 않아!"

단극은 씩씩대며 허공에 대고 소리쳤다.

"천뢰십삼식은 완성해도 절정고수를 넘어서기 힘들다. 허나 한 가지 무공이 거기에 더해지면 능히 절정을 넘을 수 있다."

"그게 뭔데요, 사부?"

"무극곤. 와룡문에 그 무공에 있다. 가서 익혀라. 그리고 반드시 절정을 넘어라."

"사부가 익혀서 제게 알려주시면 되잖아요?"

"나는 안 된다."

"왜요? 와룡문은 정파를 대표하는 곳이잖아요. 잘 말하면 익히게 해줄 걸요?"

"정파를 대표? 후후후. 모두 그렇게 알고 있지. 허나 와룡문은… 아니다. 네가 직접 가서 겪어보면 알게 되겠지. 가라. 가서, 천뢰십삼식에 무극곤을 맞추도록 해라."

단극은 절정이니 최절정이니 하는 경지엔 관심이 없었다.
천뢰창 하나만 들면 지금까지 무서울 게 없었기 때문이다.

무극곤이란 것이 사부와 관련이 있는 것 같아 찾아주고 싶은 마음에 와룡문으로 가겠다고 했으나, 이젠 목표가 바뀌었다.

천뢰십삼식에 무극곤을 접목시켜 완벽한 창법을 익힐 것이며, 그래서 절정을 넘어 저 얼굴 없는 엄청난 고수와 맞장을 뜰 것이다.

단극의 생애 최초로 목표란 것이 생기는 순간이었다.

*   *   *

무백이 산을 넘어 중턱에 도착해 불을 피우고 간단히 요기할 것을 구해놓은 시각이 축시(丑時)쯤 됐다.

산 아래까지 갈 수도 있지만 턱이에게 해줄 것이 있어 자리를 잡았다.

전신을 가볍게 두드리며 몸에 이상이 있는 곳이나 뭉친 곳 등을 다스려 준 것이다.

더 해줄 수도 있지만 아직은 지금처럼 꾸준히 몸을 만들어주는 것이 나았다.

몸이 준비되어 있으면 무공이야 자연스럽게 스며들게 마련이기 때문이다. 언제고 무공을 배운다면 말이다. 언제고.

'사부님께서 말씀하실 때는 몰랐다. 몸 안에 그릇을 만드는 게 왜 그리 중요한지.'

무백은 잠든 턱이를 보며 웃었다.

턱이 덕분에 사부님 생각을 하게 됐기 때문이다.

늘 웃기만 하시던 사부님.

세상과 무관한 듯 허허롭기만 하시던 사부님.

그런 사부님을 언제나 실망시키던 못난 제자가 무백이었다.

진마궁주를 찾아가겠다고 사부님의 곁을 떠났을 때는 몰랐었다. 잰걸음으로 아무리 달려도 사부님의 한 걸음을 못 쫓아간다는 것도 나중에야 알게 됐다.

진마궁 근처에 도착했을 때 삼엄한 경계 때문에 들어갈 생각도 못하고 있었는데, 사부님께서 어떻게 아셨는지 무백이 숨어 있는 곳에 창백한 얼굴로 나타나셨다.

그날로부터 딱 보름이 됐을 때 사부님께선 검은 피를 내장과 함께 토해내시며 숨을 거두셨다.

진마궁에서 사부님의 모옥에 도착하는 데 걸린 시간이 보름이다. 사부님께선 그 시간까지 모두 염두에 두고 계셨던 것이다.

사부님과 함께 걸었던 그 보름.

무백은 몸 안 죽어 있던 무공에 생명을 불어넣을 수 있게

됐다.

"검을 반 치 앞으로 뻗어보거라. 그래, 그 상태가 기를 내보낼 준비 단계지? 헌데 사부는 내보내지 말라고 했지? 흐름이란 단절되는 순간 끝나니까 그런 게다. 흐르는 걸 멈추게 하면 사단이 나거든. 가뒀다가 풀며 한 번에 많이 나가니 센 거 같지? 그건 일시적인 게야. 연속되지 않으면 흐름은 이어지지 않고, 그렇게 되면 비게 되는 게지. 완전히 비우면 괜찮지만 사람이 어디 그러기 쉽나. 허허허."

평상시와 똑같았다.

사부님께선 모옥에서도 분명 그리 가르침을 주셨다. 도인도 아니시면서 젊을 때는 세상을 오시하며 수많은 목숨을 빼앗았다고 하시면서.

그날은 달랐다.

받아들이는 자세가 달라졌기에 담아지는 것도 달라졌을 것이다. 사부님께서 왜 창백한 얼굴로 진마궁 근처에 나타나셨는지 짐작하기에 더더욱 그랬을 것이다.

무백이 말없이 듣기만 하자 사부님께서 웃으셨다.

한 번도 보여주시지 않았던 웃음이었다.

모옥에 도착했을 때 사부님께선 정갈한 옷으로 갈아입으시고 밖으로 나와 검무를 추셨다.

아직도 그 모습을 떠올리면 혼이 나가고 만다.

무백은 산 정상을 올려다봤다.

꿈틀거리며 흔들리는 산 정상의 나무들이 흡사 춤을 추는 것 같았다.

"으드드… 으아!"

새벽이 다 지나 배고픔에 잠을 깬 모양이다.

턱이가 자리에서 일어나 나무에 소피를 보고 다시 돌아왔다. 멍하게 눈을 몇 번 꿈뻑인 후 무백과 눈이 마주쳤다.

"아저씨, 일어나셨어요?"

무백은 턱이의 인사에도 별다른 반응을 보이지 않았다.

"일어나신 거죠?"

앉은 채로 꿈을 꾸고 있는 것이라 여겼던지 턱이는 재차 물었다. 허나 무백은 이번에도 대답하지 않고 가만히 턱이를 바라봤다.

턱이는 무백이 빤히 쳐다보자 민망해서 눈동자를 빙그르 돌리며 딴청을 피웠다. 그러다 뭔가 달라진 주위를 보고 고개를 갸웃거렸다.

"어? 여긴 어제 자리 잡았던 곳이 아니지 않나? 얼래? 저긴

뭐래?"

턱이가 무언가를 발견하고 부리나케 자리에서 일어나 앞으로 달려갔다.

어제 자리 잡은 곳에선 아래쪽을 볼 수가 없었다. 그렇게까지 높은 곳에 자리를 잡지 않았기 때문이다.

하지만 어찌된 일인지 분명 아래쪽이 턱이의 눈에 보이고 있었다.

눈앞에 펼쳐진 경치야 예술이었지만 어리둥절해져서 자꾸만 숲 이곳저곳을 다람쥐처럼 뛰어다녔다. 그러다 결국 안 되겠는지 무백을 돌아봤다.

"아저씨, 어떻게 된 거예요?"

"역시 기억이 안 나는구나?"

무백이 심각한 표정으로 턱이를 쳐다봤다.

"예? 뭐가요?"

"어제 불 피우려고 땔감 구하러 갔다와 보니 쓰러져 있더라. 하루 종일 걸어본 적이 없어서 탈이 난 모양이라고 생각했는데, 밤이 새도록 일어나질 못해서 어쩔 수 없이 혼자서 산을 넘었다."

"저, 저를 업고요?"

"뭐… 그렇지."

업은 건 아니고 옆구리에 끼웠지만 굳이 그런 것까지 말해줄 필요는 없잖은가?

무백은 피식 웃으며 말을 이었다.

"일어나자마자 그리 조잘대는 걸 보니 열도 내린 것 같고 괜찮아진 모양이구나?"

"여, 열이요?"

턱이는 재빨리 손을 들어 이마며 목 등을 만져보았다. 평소에 열이 나면 제일 먼저 뜨거워지는 부위가 어딘지 아는 것이다.

놀리는 재미가 있는 녀석이었다.

턱이는 무백의 말에 심각한 얼굴로 어제 일을 떠올리려고 애썼으나 그런다고 혼혈이 짙인 상태에서 일어난 일들을 기억할 리가 없었다.

한참을 끙끙대는 와중에 무백이 무언가를 턱이 앞으로 슬그머니 밀었다.

"산약(山藥)이라고 하는 거다. 구웠더니 맛이 좋구나. 자."

무백이 건넨 것은 나무뿌리처럼 생긴 것인데 겉이 그을려 있었고 안은 흰색이었다.

"약이에요?"

"뭐, 그런 셈이지. 산에서 지낼 때 먹을 게 없으면 종종 이걸 캐먹었거든."

"잘 먹겠습니다."

턱이는 먹는 거란 말에 넙죽 받아 들더니 껍질을 설설 벗겨 하얗게 나온 내용물을 한 입 콱 깨물어 먹었다.

고소함도 있고 약간의 단맛도 나는 게 괜찮았다.

하나를 먹고 두 개, 세 개까지 흡입한 뒤에야 턱이는 숨을 돌렸다.

"우아, 이거 맛있는데요?"

"배가 고프면 뭐가 맛있지 않겠냐."

"에이, 안 그래요. 제 입이 얼마나 까다로운데요. 이건 분명 맛있는 거예요."

"그럼 다행이고."

다행이었다. 턱이가 지난밤의 일을 잊어버린 것도, 배고픔을 산약으로 달랜 것도.

"지도에 따르면 이제 마을 두 개만 지나면 돼요. 두 번째 마을에서 아저씨가 찾는 그거에 대해 물어보면 되겠네요."

무백은 요기를 마치고 다시 빠르게 움직이려 했지만 턱이의 한마디에 느리게, 아주 느리게 걸을 수밖에 없었다.

두 번째 마을에 도착했을 때 턱이가 깨어 있어야 하니까 말이다. 담문이 남겼다는 석상에 대해 알아볼 사람을 재우면 곤란하잖은가.

턱이는 첫 번째 마을에 들르면 반드시 먹어야 하는 음식이

있다며 열띤 설명을 해댔다. 하지만 그런 턱이의 요구가 허락
될 리 없었다.

심통 난 턱이는 첫 번째 마을을 지나친 뒤로 한마디도 하지
않았다.

"천양에 가면 뭘 찾아야 하는지 알려줄까?"

"……"

"내겐 의형님들이 계셨다. 매우 친하게 지냈던 분들이지.
사실 처음부터 친했던 건 아니지만 결국 그렇게 됐다. 천양은
그중 한 분의 고향이다. 의형께선 그곳에 석상을 새기셨다고
하셨거든."

무백의 목소리는 잔잔했으나 진심이 담겨 있었다.

말없이 듣고 있던 턱이의 표정이 애매하게 변한 건 석상이
란 말이 나왔을 때였다.

"석상이요? 유명한 석상이야 있지요."

무백은 턱이의 대답에 웃어주었다.

일단 말문을 트이게 했으니 그래도 성공한 셈이었다.

"그러고 보니 금 대인이 사는 곳 근처에도 하나가 있긴 해
요."

"누구?"

"상노야가 찾아가 보라고 한 사람이요. 그 옷을 비싼 값에
살 사람이라고."

"기억난다. 금 대인이라고 했지."

"거기 지도에 표시되어 있잖아요. 금 대인이 사는 곳 근처
에 천군상이라고 적혀 있지 않아요?"

턱이가 무백의 허리춤에 끼어 있는 지도를 달라는 시늉을
했다. 무백은 지도를 꺼내주었고 턱이의 손가락이 가리키는
한 곳을 쳐다봤다.

'천군상?'

무백은 그곳에 적힌 지명을 보는 순간 서늘한 기분이 들었
다. '난주 백년사' 란 책에서 강대기의 이름을 봤을 때와 비슷
한 기분이었다.

무백의 표정이 굳었다.

불안한 예감이 떠오르고 있다.

강대기의 이름을 봤을 때는 부정했지만 어쩌면 그것이 사
실일지도 모른다.

"턱아, 미안하다."

"예?"

턱이가 무슨 말인지 몰라 고개를 돌린 순간 그대로 의식을
잃고 쓰러져야 했다.

무백은 곧장 턱이를 옆구리에 끼고 서둘러 신법을 펼쳤다.
천양의 어디가 아니라 천군상이 있는 곳으로 가려는 것이다.

*　　*　　*

날이 좋았다.

과웅— 과웅—

한 청년이 걷어붙인 한쪽 소매를 몸 안으로 넣어 반만 옷을 입은 채 도를 휘두른다.

긴 머리칼을 아무렇게나 흩날리며 번쩍거리는 도에 몸을 맡긴 뒤 앞으로 중심을 이동했다가 벼락같이 도를 당기며 빙그르 돌아 원래의 위치로 돌아갔다.

수십 번을 연속해서 비슷한 과정을 되풀이하지만 청년은 한 번도 한쪽 발이 땅에서 떨어진 적이 없었다.

치리릭— 휙— 휙—

청년은 앞으로 내려온 머리칼을 뒤로 넘기며 숨을 내뱉었다.

전신에 땀이 흥건했다.

깊은 눈과 두툼한 코, 광대와 각진 턱이 강렬한 인상을 만들어내는 청년이었다.

"땀 닦으세요, 공자님."

하얀 옥수(玉手)가 손수건을 건넨다.

청년은 옥수의 주인이 누군지 잘 아는지 눈길도 주지 않고 받아서 땀을 닦았다.

　　뒤에 나타난 여인은 차분한 눈매와 동그란 얼굴이 대조되어 묘한 매력을 발산하고 있었다.

　　"뭐가 문제지?"

　　청년이 낮은 목소리로 입을 열었다.

　　"문제는 없습니다."

　　"그럼 어째서 늘지 않는 거냐고."

　　"……."

　　여인은 청년이 무슨 말을 하는지 잘 알고 있었다.

　　청년은 올해로 스물일곱이고 이곳에서 도를 수련한 지 이십사 년째였다. 그토록 오랜 세월 도를 휘둘렀는데 실력이 늘지 않을 리 없었다.

　　대상이, 실력이 는 것을 확인할 대상이 그녀이기 때문에 저리 괴로워하는 것이다.

　　"제 눈엔 충분히……."

　　"다시는 내 근처에 오지 않으려면 그리 말해라."

　　"……."

　　"이름도 없는 도결(刀結)을 꾸역꾸역 해석하며 휘두른 지 이십사 년이다. 처음엔 될 줄 알았다. 아버님께서 원하시는 신장(神將)이 될 것을 믿어 의심치 않았다. 헌데 아무리 휘둘러도 여전히 제자리야. 늘지를 않아!"

　　쾅!

청년이 지니고 있던 도로 바닥을 내려쳤다.

그러나 청년의 도는 바닥과 충돌을 일으키지 못했다.

도를 받쳐 든 손은 하얀 옥수였다.

"곧 벽을 넘게 되실 겁니다. 저는 그리 믿습니다."

여인은 받쳐 든 도를 들어 올리며 말을 건넸다.

그녀에게 청년의 도는 한 손으로 받아내도 별 무리가 없어 보였다.

"지금까지 하시던 대로 수련하시면 언제고 원하는 경지에 오르실 겁니다."

"큭. 약령, 약령……."

청년의 목소리가 우울해졌다.

절망할 때마다 수도 없이 내려친 그의 도를 약령은 번번이 막아냈다. 그것도 언제나 한 손으로, 아무런 충격도 받지 않은 모습으로 말이다.

그때마다 청년의 자존심은 형편없이 뭉개졌다.

그걸 약령이 모를 리 없을 것이다.

"난 됐으니 가서 아버님이나 지켜드려라."

"주인님께선 공자님을 무사히 모시고 오라고 명령하셨습니다."

"난 됐다고."

청년이 성난 눈으로 약령을 노려봤다.

약령은 흠칫 놀라 반 보 뒤로 물러섰다.

'강해지셨습니다, 공자님. 제 손의 호신강기를 뚫고 자국을 남길 정도로 강해지셨습니다.'

약령은 손바닥에 난 붉은 선을 보여주고 싶어 입술을 움직거렸으나 가까스로 참아야 했다.

금성문.

천양 제일 갑부 금가장주(金家莊主) 금율의 독자가 바로 청년이었다.

약령은 금성문이 열 살 때 호위가 됐다.

같은 나이였으나 약령은 이미 기를 마음대로 다룰 수 있는 고수의 반열에 오른 소녀였다.

첫 만남에서 금성문은 예쁜 약령에게 반했다.

아버지 금율을 찾아가 무공을 익히고 싶다고 한 이유도 약령 때문이었다. 약령이 잘하는 것을 금성문도 잘하게 되면 친해질 수 있을 테니까.

금율은 아들의 부탁을 흘려 넘기지 않고 한 가지 도결을 구해다 주었다.

금성문이 그 도결을 익힌 지 십칠 년이 지났다. 금성문은 충분히 강해졌고 일대에서 금가장의 아들이 고수란 것을 모르는 이가 없게 됐다.

하지만 금성문이 강해진 만큼, 아니 그 이상으로 약령도 강해졌다.

"돌아가시지요, 공자님."

약령은 늘 그렇듯 타이르듯이 말했다.

잠시 두 사람 사이에 침묵이 흘렀다.

쏴아아—

약령의 몸을 지나친 바람이 금성문에게 닿았다.

"역시 좋은 냄새다."

뜬금없는 말을 꺼낸 금성문은 그제야 안정을 찾았는지 양 손으로 머리를 헝클었다.

"예?"

"됐다, 가자. 하루 이틀도 아니고 매번 내 신경질을 받아주고… 지겹지도 않냐, 약령?"

"전혀 지겹지 않습니다."

"가만 보면 나도 참 못된 인간이야. 아니, 그냥 봐도 못된 인간인가? 일부러 네가 찾아올 때까지 수련하는 이유를 알아? 네 향기를 맡아야만 수련을 끝낼 수 있거든."

말을 마친 금성문은 자리에서 일어나며 약령을 돌아봤다.

약령은 여러 번 이런 상황을 겪었는지 이미 고개를 다른 쪽으로 돌리고 있었다.

가슴이 터져 버릴 것처럼 심장이 두근대는 것을 들키기 싫은 까닭이다.

‘아서라, 약령.’

약령은 급히 한빙심결(寒氷心結)을 떠올렸다.

빠르게 뛰던 심장 박동이 서서히 평온한 상태의 그것으로 돌아갔다.

심장을 차갑게 하면 피의 순환이 느려진다. 아무리 극악한 환경이라도 최소한의 공기만 있다면 살 수 있는 몸이 바로 약령의 몸이었다.

한빙심결과 함께 펼치는 월령소수(月令素手).

강호십대마공 중 하나로 유명한 무공이기도 했다.

보통사람은 신체의 일부가 떨어져 나가는 것만으로도 죽을 수 있지만 월령소수를 익힌 여인은 그렇지 않다. 잘려 나간 신체 부위를 순간적으로 얼려 다시 붙일 수 있기 때문이다.

죽이려고 해도 죽일 수 없을 때 상대는 당연히 공포를 느낄 테고 그 순간, 월령소수가 심장을 뚫는다.

심장을 느리게 뛰게 하면 신체 기능은 저하되지만 진기의 운용은 다르게 일어난다. 바로 원하는 신체의 일부분에 축적된 진기를 집중시킬 수 있는 것이다.

양손에 그 진기가 집중된 순간 월령소수는 모든 것을 파괴한다고, 강호십대마공을 설명해 놓은 책엔 그리 적혀 있었다. 한 가지 저주와 함께.

월령소수의 전인이 사랑을 알게 되는 순간 모든 내공은 사라지고 평범한 여자로 돌아가게 된다.

약령은 이를 악물고 금성문을 돌아보고 싶은 마음을 눌렀다.

"가자."

"…먼저 가시지요."

"후후. 정말 변하지 않는구나."

금성문은 더 권해도 소용없음을 알기에 한쪽 소매를 꺼내 바로 입은 뒤 정중한 자세로 뒤돌아섰다.

"금성문, 삼가 천군께 예를 올립니다."

크게 절을 올린 금성문은 한동안 일어서지 않았다.

그가 절을 올린 대상.

금방이라도 튀어나올 것처럼 생생한 모습의 석상이 그곳에 새겨져 있었다.

십여 장은 족히 넘을 것 같은 엄청난 석상이었다.

양손을 허리에 대고 그 무엇으로도 뚫리지 않을 갑옷을 입고 있었으나, 한 가지가 빠져 있었다. 바로 석상엔 얼굴이 없었다.

금성문이 일어나 도를 어깨에 걸쳐 메고 계단으로 내려가려 할 때였다.

계단 입구에 한 사내가 서 있었다.

지금껏 햇볕을 한 번도 안 본 것 같은 하얀 피부와 보는 순간 얼굴에서 눈을 뗄 수 없게 만드는 매력을 가진 이목구비의 청년이었다.

‘뭔 사람이 저렇게 잘생겼지? 게다가 저 흑발은… 멋있네.’

금성문은 이성이 아닌 동성에게 반할 수도 있다는 생각을 처음으로 갖게 됐다.

“이보시…….”

“가시죠, 공자님.”

금성문이 청년에게 막 뭐라고 입을 열려는 순간 어느새 다가왔는지 약령이 금성문의 팔을 잡았다.

“어? 약령?”

잠시 청년의 멋진 분위기에 정신을 뺏겼던 금성문은 약령이 팔을 잡자 놀란 눈으로 돌아봤다.

약령이 금성문의 몸에 손을 댄 적은 지금껏 한 번도 없었다.

“주인님께서 기다리십니다.”

“응? 응. 그, 근데 너 내 팔을 계속 잡고 있어도 괜찮아?”

“예?”

“이 손.”

금성문이 약령의 손을 가리켰다.

“아!”

약령은 너무 놀라 자신도 모르게 뾰족한 목소리를 냈다.

“오호, 약령 네 입에서 그런 여성스러운 목소리가 다 나오
다니 놀라운데?”

금성문은 장난스럽게 말을 하며 슬쩍 옆을 돌아봤다.

조금 전의 멋진 분위기의 청년을 보려 한 것이다.

“공자님, 서두르세요.”

‘평소와 달리 약령이 왜 이렇게 서두르지?’

금성문은 고개를 돌리지 못하게 막는 약령의 목소리가 굳
어 있음을 느꼈다.

두어 걸음 계단으로 향하던 금성문은 멈춰 섰다.

몸에서 열이 나고 어깨에 걸머진 도를 잡은 손에 힘이 들어
가며 근육이 꿈틀댔다.

“아는 사람이냐?”

금성문의 목소리가 차가워졌다.

“예?”

약령은 뚱딴지같은 질문이 무슨 뜻인지 몰라 바로 대답하
지 못했다.

“저자. 니가 아는 사람이냐고.”

“……!”

약령은 그제야 금성문의 표정에 담긴 적의를 알 수 있었다. 말도 안 되는 상황이지만 금성문은 지금 기척도 없이 나타난 청년에게 질투심을 가진 것이다.

“아는 자구나.”

금성문의 관자놀이에 핏줄이 섰다.

“모르는 자입니다. 기척을 느끼지 못해 공자님을 노리는 줄 알고 그랬던 겁니다.”

“기척을 못 느껴? 네가?”

“…예.”

“이것 봐라?”

금성문의 시선이 천천히 돌아갔다.

그가 알고 있는 고수 중 가장 강한 사람은 약령이었다. 그런 약령이 기척을 느끼지 못했다? 이런 사람을 만날 기회가 흔한 건 아니잖은가?

“하지 마세요, 공자님.”

“내가 뭘?”

“지금 하려는 행동이요.”

“행동? 무슨 말인지 모르겠는데?”

“경고입니다.”

“……!”

금성문은 놀란 눈이 됐다.

언제고 들어본 적이 있는 말이다.

아주 오래전, 금가장의 돈을 노린 자들이 금성문을 납치하려 한 적이 있었다. 물론 그들은 약령의 손에 모두 죽었다.

그때, 약령은 금성문에게 처음으로 경고란 말을 사용했다. 함부로 행동하지 말라고, 다시 한 번 그런 행동을 하면 용서하지 않겠다고.

지금 그 말을 한 것이다.

금성문의 속은 이미 활화산처럼 들끓고 있었다.

지금까지 수련한 성과를 시험해 보고 싶었다.

그러나 이내 팔에 들어간 힘을 빼고 몸을 돌렸다.

"내가 언제 약령 네 말을 안 들은 적이 있냐. 지금이 아니면 아닌 거지. 가자."

금성문은 성큼성큼 발을 내디디며 계단을 내려갔다.

약령은 혹시나 금성문이 마음을 바꿀까 봐 어느 정도 거리가 떨어졌을 때 움직였다.

내려가기 전, 약령은 계단 위를 슬쩍 돌아봤다.

여전히 흑발을 날리며 청년은 요동도 없이 서 있었다.

'사부로부터 모든 것을 물려받은 뒤로 지금까지 내 이목을 속이고 십 장 안까지 들어온 자는 한 명도 없었다.'

약령은 청년이 눈치챌까 봐 금방 고개를 돌렸으나 청년을 처음 발견했을 때의 긴장이 가라앉지 않고 있었다.

몇 계단 내려가지 않았을 때, 아래쪽에서 열서넛쯤으로 보이는 소년 한 명이 궁시렁대며 계단을 오르고 있었다.

"아저씨, 이게 무슨, 에휴, 죽겠다… 나만, 꽁차! 죽어라… 자기는… 벌써, 올라가, 이게 무슨… 아저씨!"

소년은 계단 위에 있는 청년을 가리키며 고래고래 소리를 질렀다.

"꼬맹아, 저 위에 있는 사람과 일행이냐?"

약령이 묻고 싶은 말을 금성문이 먼저 꺼냈다.

당연히 곧바로 대답할 줄 알았던 소년은 금성문을 흘끔 본 후 다시 계단을 오르기 시작했다.

금성문은 소년의 행동에 어이없는 표정이 됐다.

"야!"

"에이, 씨! 내가 하는 말 다 들었잖아요. 알아요, 안다고요. 왜 묻는 건데요, 왜?"

"네가 그렇게 함부로 말할 분이 아니시다. 그만 올라가 봐라."

소년이 짜증을 부리다 옆을 돌아봤다.

약령이 소년의 옆에 서서 내려다보고 있었다.

"힉!"

소년은 깜짝 놀라 자신도 모르게 약령에게서 떨어지며 눈을 깜빡였다.

약령은 말을 마치고 조용히 계단을 내려갔다.

"특이한 일행이구나."

"신경 쓰지 않으셔도 됩니다."

금성문의 곁으로 다가온 약령이 차분히 대답했다.

"어떻게 신경을 안 써. 나는 저 사람이 약령이 긴장해야 할 정도의 고수란 것도 몰랐는데. 천양에 무슨 일이라도 생기려는 걸까?"

"……."

"……."

약령도 금성문도 더 이상 말을 잇지 않았다.

오래된 무복을 입은 한 청년과의 만남이 두 사람에게 준 충격은 너무도 엄청났다.

'검푸른 무복에 무기는 없고 소년을 데리고 다니는 자. 천군상과 연관이 있는 사람일지도… 가만, 저자가 입고 있던 무복이 천구상의 갑옷과 비슷하지 않았나?'

약령은 갑자기 나타난 청년의 특징을 외우다 무복을 떠올리고 뒤를 돌아봤다.

"보의……."

거의 같은 순간 금성문이 입을 열며 계단 위를 올려다봤다.

금성문과 약령의 눈이 순간적으로 부딪쳤다.

두 사람은 같은 생각을 한 것이다.

"형님……."

무백은 석상을 올려다보고 있었다.

그냥 보면 알게 된다는 담문의 말뜻을 알 것 같았다.

아홉 의형 중 가장 먼저 알게 된 사람이 담문이었다.

미륵삼천해(彌勒三天解).

무백이 경험한 도법 중 단연 최강이라 표현해도 좋았다.

담문의 도엔 날카로움이란 찾아볼 수 없다. 설렁설렁 미륵불이 칼 들고 장난 하다 툭, 내려치는 것이 전부였다.

적어도 보는 사람의 입장에선 그렇게 느낄 수 있었다. 하지만 직접 그 도를 받아본 사람이라면 결코 그런 생각을 하지 못한다.

공격은 한 점에 해놓고 공격을 받는 사람의 전신을 한꺼번에 눌러대는 그 힘이라니.

무백은 그 당시의 담문을 지금 석상을 통해 보고 있었다.

"보면 안다고 하시더니 정말로 그러네요."

무백이 입고 있던 보의와 지니고 있던 검, 담문의 도를 막아내던 마지막 동작을 표현하려고 했던 모양이다.

"아저씨, 다녀왔어요."

무백의 상념을 깬 것은 부지런히 계단을 올라온 턱이의 숨

넘어가기 직전의 목소리였다.

"백 년쯤 됐다고 하지?"

"어? 어떻게 아셨어요?"

"보니까 알겠다. 백 년이 지났구나, 백 년이."

무백의 목소리가 애잔하게 울렸다.

석상을 보는 순간 〈난주 백년사〉에 나온 내용이 사실이란 것을 알았다.

백 년, 무백은 무덤에서 백 년을 보낸 것이다.

第五章
술 마시고 싶은 날

“령아, 무슨 할 말이라도 있느냐?”

삼국시대 관운장을 연상케 하는 눈매와 수염이 인상적인 오십 대 중년인, 금가장주 금율은 찾아온 약령을 향해 자상한 눈빛을 보냈다.

약령이 정오에 맞춰 금율을 찾았다는 것은 긴히 할 말이 있다는 뜻이었다.

늘 보는 모습이지만 약령은 금율이 무공고수란 것을 어떻게 저리 잘 숨기는지 신기했다.

월령소수를 팔성 가까이 익힌 그녀조차 금율의 십초지적

은 되지 못할 것이다. 그 정도로 금율은 강호에 알려지지 않은 고수였다.

"령아?"

"아! 죄송합니다, 주인님."

생각에 빠져 있던 약령은 금율이 부르자 화들짝 놀라 고개를 숙였다.

"어허, 이제 그 소리는 그만하라니까."

"…죄송합니다, 장주님."

"죄송하긴. 차차 나아지겠지. 그래, 할 말이 뭐냐?"

금율은 호칭을 쉽게 고치지 못하는 약령이 딱한 듯 낮게 혀를 차곤 다시 붓을 들어 유려한 필체로 종이에 무언가를 적어 나갔다.

"공자님의 도가 제 손에 자국을 남겼습니다."

"음? 자국을?"

금율의 붓을 든 손이 멈췄다.

"예. 이젠 맨손으로 공자님의 도를 받아내는 건 힘들 것 같습니다."

"허허허. 그 녀석."

금율은 붓을 놓고 너털웃음을 터트렸다.

지난 이십 년 동안 금성문은 금율에게 단 한 번도 조언을 청하지 않았다.

금가장의 일은 일대로 하고 무공은 무공대로 열심히 수련하더니 드디어 결실을 맺으려는 모양이다.

"이제……."

약령은 조심스럽게 말을 꺼냈다가 금율의 눈치를 살피며 입을 다물었다. 함부로 꺼내선 안 되는 말이 나와야 하기 때문이다.

"그동안 고생 많았다."

"고생이라니 당치 않으신 말씀이십니다."

"네가 곁에 없었다면 그리 열심히 했을 리 없지. 내가 성문이 엄마 덕분에 천군도결을 이만큼이나 익혔으니 잘 안다."

금율의 말에 약령은 가슴이 벅차올랐다.

사부의 염원을 이루어드린 것 같아 뿌듯해진 까닭이다.

그녀의 사부는 금율의 아내이자 금성문의 어머니였던 선옥인이란 여인이다.

월령소수를 익힐 수 있는 여인은 오직 빙궁(氷宮) 출신뿐이었다.

금율과 사랑에 빠져 월령소수도 잃고 빙궁으로 돌아갈 수도 없게 됐지만, 아들 금성문이 있어 행복하다는 분이었다.

약령에게 월령소수의 전인이 되는 것은 여자이길 포기하는 것이나 다름없으니 차라리 금성문과 혼인해 여자로서의 행복한 삶을 살라고 하셨던 분이었다.

약령은 그런 사부를 위해서라도 월령소수의 전인이 되겠다고 했다. 그래야 사부가 사랑하는 아들을 지킬 수 있다고, 그렇게 해달라고.

지금도 약령은 그 선택을 후회하지 않았다.

금성문을 곁에서 지켜볼 수 있다는 것만으로도 행복한 그녀이기 때문이다.

"다른 건?"

"예?"

"령아, 오늘 따라 평소의 너 같지 않구나? 네가 얘기를 마쳤으면 벌써 갔겠지."

금율이 의아한 눈으로 약령을 쳐다봤다.

약령은 잠시 고민하며 입을 열지 않았다.

천군상 앞 공터에서 만난 청년에 대해 말해야 할지를 결정하지 못한 것이다.

"말해보아라. 네가 그리 고민이 되는 일이 있다는 게 신기하지만 뭐든 함께하자꾸나."

금율의 편안한 목소리가 약령의 걱정을 누그러뜨려 주었다.

"한 사람을 봤습니다."

"음?"

"공자님이 수련을 마치고 돌아설 때 천군상 앞에 서 있는 걸 발견했습니다."

"그런데?"

"그 사람이 거기에 있었다는 것을 눈으로 보고 나서야 알
게 됐습니다."

"……!"

금율의 표정이 처음으로 굳어졌다.

약령이 무슨 말을 하는지 그제야 이해가 된 것이다.

현재 약령의 무공은 금율도 쉬이 장담하지 못할 정도로 높
았다. 그런 약령이 기척도 느끼지 못했다는 건 보통 고수가
아니란 뜻이다.

'그들이 결국 알아냈단 말인가?

금율은 손가락으로 탁자를 두드렸다.

톡. 톡.

생각할 것이 있으면 자연스럽게 나오는 오래된 버릇이었
다.

"그가 천군상에서 무엇을 했느냐?"

"아무것도 하지 않았습니다. 공자님과 제가 지나가는 것도
잊은 듯 천군상만 바라보고 있었습니다."

"그 정도 고수가 너를 신경 쓰지도 않았다?"

금율은 심각한 표정으로 고개를 끄덕였다.

'그가 왜 천군상에 관심을 두는지 알아봐야겠다. 아직은

그들이 우리에 대해 알아선 안 된다.'

"그를 감시할까요?"

"그 정도 고수를 감시하긴 힘들다. 당분간은 모른 척하자. 성문이에겐 말하지 말고 평소대로 지내거라."

"예."

약령은 금율이 오늘처럼 심각해지는 모습을 처음 봤다. 웬만한 일에는 눈 하나 깜짝하지 않던 분이기 때문이다.

'그가 고수라서? 아니면 천군상 때문에?'

약령은 금율이 어떤 점에 신경을 쓰고 있는지 헷갈렸다. 뭔가 조치를 취하려다 멈춘 듯한 느낌이 강했다.

'아! 그 말씀을 안 드렸다.'

약령은 나왔던 집무실을 다시 들어갔다.

"잊은 거라도 있느냐?"

"그자가 입고 있던 복장이 특이했습니다."

"특이?"

"천군상에 조각된 것과 같은 무복이었습니다."

"천군보의를 입고 있었다고?"

"천군보의? 그런 기보가 있었습니까?"

약령은 처음 듣는 말에 의아한 표정을 지었다.

금율이 그 청년이 입었던 옷에 왜 이리 민감하게 반응하는지 알 수가 없기에 더욱 그랬다.

"아니, 아니다. 그자가 입고 있는 옷이 천군상에 조각된 것과 같았느냐?"

"지나치며 보긴 했지만 세로의 매듭 개수가 열여덟 개였습니다. 그리고 푸는 끈이 없었습니다."

"음? 그게 무슨 말이냐? 푸는 끈?"

"옷을 입으려면 묶고 푸는 끈이 있어야……."

"그렇구나!"

탕!

갑자기 금율이 탁자를 내려쳤다.

통으로 된 옷이다.

금율은 지금까지 천군상에 새겨진 무공을 발견해서 익히고 있었다. 천군상은 그 자체가 하나의 무공구결이었다.

도결이라 확신하게 된 것은 천군상에 새겨진 갑옷의 모양과 관련이 있었다.

가로와 세로가 만나 이루어진 네모난 모양에는 수많은 선이 일정한 규칙에 따라 그어져 있었다. 그것을 발견하여 수련을 해보니 가장 어울리는 무기가 바로 도였다.

그러나 금율은 아직 천군도결을 완성하지 못했다고 여기고 있었다. 천군상의 전면에 새겨진 도결만을 익힌 까닭이다.

숨겨진 초식을 찾기 위해 금율은 천군보의를 구한다는 말을 사방에 퍼뜨려 놓았다. 어떻게 생긴 것이며 어떤 재질로 만들어졌는지는 백 년 전을 기준으로 예측했다.

"틀림없다. 그자가 입고 있는 것은 천군보의가 틀림없다. 그자가 아직도 천군상 공터에 있을까?"

"이미 두 시진 가까이 지나서……."

"그런가. 알았다.

"제가 가 보겠습니다."

"아니다. 그가 천군보의를 입고 있다면 나를 찾아올지도 모르겠구나."

"예?"

"그만 나가보거라."

금율은 약령이 밖으로 나가자 서랍을 열어 아무렇게나 넣어놓은 손바닥만 한 쪽지를 꺼내들었다.

천군보의를 가진 사람이 대인을 찾아갈 것이니 좋은 값을 쳐주시길 바랍니다.

상노인

몇 번 거래를 통해 알게 된 괜찮은 눈썰미를 가진 노인이었다. 쪽지를 받았을 때는 웃으며 넘겼지만 약령에게 천군보의에 대해 듣자 상노인이 말한 사람이 떠오른 것이다.

＊　　＊　　＊

턱이는 천군상을 본 이후 무백이 완전히 다른 사람처럼 느껴지고 있었다. 지난 며칠 동안 지켜본 무백은 말수가 적은 사람이었지 말이 없는 사람은 아니었다.

계단을 내려온 무백은 다시 한 번 천군상을 돌아본 뒤 넋이 나간 사람처럼 마을로 발걸음을 옮겼다.

어디로 가느냐고 물어도 대답이 없었고 무작정 걷기만 했다. 한동안 걷던 무백이 주루로 들어선 것은 정오가 다 되어서였다.

"턱아, 진마궁과 영웅맹이란 곳에 대해 들어본 적 있니?"

탁자에 앉은 뒤에도 무백은 한동안 상념에 빠져 있었다. 한참을 창밖만 내다보던 무백이 처음으로 입을 열었다.

턱이는 분위기가 이상해 겁먹은 눈으로 무백을 쳐다봤다.

"그런 곳도 있어요? 저는 와룡문과 군림회밖에 못 들어봤어요."

'그런 곳. 불과 며칠 전만 해도 천하가 그들의 애기로 떠들썩했는데……'

이제는 며칠 전의 일이 아님을 알게 됐다.

무려 백 년 전의 일이었던 것이다.

무백은 왜 의형들이 울적할 때마다 술 한잔이 생각난다고 했는지 이해할 수 있었다.

"술이 마시고 싶구나."

"예, 술이요?"

턱이가 말도 안 된다는 표정으로 무백을 쳐다봤다.

"왜?"

"아니요. 그게 그러니까……."

"……?"

"수, 술 마시려면 돈이 필요하잖아요. 그리고 아저씨 뭐 잊어버린 것 없으세요?

"잊은 것?"

"우리가 여기에 온 이유요."

"잊지 않았다."

강가장과 담문의 석상이 백 년 전에 존재하고 새겨진 것인지 알아보러 온 것이다.

"근데 웬 술이에요?"

턱이는 무백에게 돈 얘기를 할 상황은 아니란 걸 알면서도 화제를 돌리지 않으면 큰일이 터질 것만 같은 불안함에 억지를 부렸다.

"돈. 술 마시려면 돈이 필요하구나. 이것보다 많아야 하나?"

무백이 품에서 은자가 들어 있는 전낭을 꺼내놓았다.

　쩔렁거리며 전낭이 탁자에 올려지자 식사하던 사람들의 시선이 일제히 무백과 턱이가 앉아 있는 탁자로 쏠렸다.

　"아, 아저씨, 낮부터 왜 이러세요? 이건 돌아갈 때 노자로 써야 할 돈이잖아요."

　"일단 쓰고 나중에 이걸 팔면 되잖느냐."

　무백은 입고 있는 무복을 내려다봤다.

　무복 또한 백 년 된 옷이란 생각에 툭, 웃음이 나왔다.

　"그거예요! 이곳에 우리가 온 이유가. 자, 제가 아저씨 옷을 구해올 테니 새 옷으로 갈아입고 팔러 가자고요. 한 냥만 가져갈 테니 얼른 다시 넣으세요. 그리고 제가 올 때까진 술 시키시면 안 돼요, 아셨죠?"

　"……."

　무백은 턱이의 말을 못 들었는지 시선을 창밖으로 던진 채 아무런 대답도 하지 않았다.

　턱이는 서둘러야겠다는 생각에 전낭에서 은자 한 냥을 꺼낸 후 무백의 품에 다시 넣고 계단을 내려갔다.

　"금방 다녀올게요."

　천군상이 언제부터 계단 위에 있었는지 알아보느라 주변을 돌아다닐 때 대충 몇 군데 알아놓은 상태였다.

　주루 밖으로 나온 턱이는 누가 쫓아 나오는지 슬금슬금 뒤를 돌아본 후 천천히 걷다가 골목으로 돌아서자마자 냅다 뛰었다.

뒷골목에서 자란 경험이 그 동작 하나에 모두 담겨져 있었다.

그 모습을 이 층에서 무백이 모두 지켜보고 있었다.

허무(虛無)했다.

백 년의 시간, 이젠 인정해야 한다.

그럼 이제 의형들의 유언은 어떻게 한단 말인가?

자신을 살리기 위해 모든 것을 주신 분들을 죽어서 무슨 낯으로 볼 수 있단 말인가?

턱이가 시야에서 사라지자 무백은 타는 듯한 갈증을 참아내지 못하고 점소이를 불렀다.

"여기, 술 좀 주게."

무백의 말에 점소이가 반색을 하며 다가왔다.

"어떤 술을 원하십니까?"

"아무거나. 독한 거면 되네."

"독한……."

점소이는 어느 정도 독한 술을 원하는지 물어보려다 무백이 창가로 고개를 돌리자 희미한 미소를 머금었다.

술을 자주 마시는 자가 아니었다.

대충 적당한 술을 내오고 약간 비싸게 받아도 될 것 같았다. 옷은 허름했지만 잘생긴 얼굴과 귀티 나는 행동이 점소이에게 봉이 제 발로 찾아왔다는 것을 확신하게 해주었다.

"손님, 원하시면 여자도 불러드릴 수 있습니다."

무백은 여자를 원하진 않는 것 같았다.

그러나 여자를 불러주면 그 안에 점소이의 몫이 있었다.

"외람된 말씀이지만 안 좋은 일이 있으신 것 같은데 그럴 땐 말 상대가 도움이 될 수 있지요."

"…말 상대?"

무백이 말 상대란 말에 반응을 보였다.

"그럼요! 헌데, 돈이 좀 듭니다. 헤헤헤."

"이 정도면 되나?"

무백은 품에서 은자가 든 전낭을 꺼내 탁자에 놓았다. 쩔그렁 소리로 무게와 개수를 파악한 점소이의 눈빛이 변했다.

봉이 확실했다.

술과 말 상대를 해줄 여자가 필요하다고 했으니 은자 서너 냥 정도는 쓰게 만들 수 있을 것 같았다.

"준비되는 대로 모실 테니 잠시만 기다려 주십시오."

점소이는 쪼르르 일 층으로 내려가 주루총관과 뭐라고 말을 나누더니 휑하니 밖으로 나갔다.

그러든 말든 무백은 멍한 눈으로 창밖만 내다보았다.

가을이라 그런지 날씨가 징그럽게도 맑았다.

잠시 후, 후다닥 들어온 점소이가 곧장 이 층으로 올라와 무백의 앞에 섰다.

"이쪽으로 오시지요."

"그냥 여기서 마시면 안 되겠나?"

"일단 따라오시면 아십니다. 제가 왜 이렇게 모시고 가고 싶어 안달하는지. 이쪽입니다."

점소이의 수다스러운 말 때문에 무백은 갑자기 피곤이 몰려오는 것 같았다.

"아! 곧 아이 하나가 올 걸세. 오면 데리고 올 수 있겠나?"

"아이요?"

"턱이란 아이네. 나를 찾을 테니 데려와 주게."

"걱정 마십시오."

무백은 이내 점소이를 따라 주루를 나섰다.

점소이는 주루 일 층의 후문으로 무백을 안내했다.

낮부터 별채에 드는 손님이 없기에 점소이가 총관에게 부탁해 자리를 마련한 것이다.

"이곳은 사실 특별한 손님이 아니면 들어갈 수 없는 곳입니다. 이런 제 수고가 손님께서 술자리가 끝났을 때까지 기억난다면 넉넉한 수고비를… 예?"

점소이의 수다는 독채라는 곳으로 가는 내내 계속됐다. 술한잔 마시고 싶은 무백에겐 정말이지 고역이 아닐 수 없는 시간이었다.

“여깁니다.”

점소이가 문을 활짝 열며 안으로 들어가란 손짓을 했다.

별채는 점소이가 자랑할 만한 곳이었다.

잘 가꾼 정원에 연못까지 흐를 정도로 넓은 곳인데 연못 중앙엔 정자까지 마련되어 있었다.

“어떠십니까, 이런 곳에서 한잔하시는 것이 먼지 나는 거리 보면서 드시는 것보단 백 배 낫지 않습니까?”

점소이는 빠르게 조잘댄 후 정자까지 굽실거리며 따라왔다. 정자엔 이미 여인 한 명이 다소곳한 자세로 무백을 기다리고 있었다.

이십 대 초반은 아니고 좀 더 나이가 들어 보였다.

“특별한 손님이니까 잘 대해 드리시오, 소향 아씨?”

점소이가 찡긋 한쪽 눈을 감자 소향이라 불린 여인은 배시시 웃음으로 답했다.

두 사람은 이미 무백을 어떻게 요리할지 입을 맞춘 뒤인지 무척 자연스러웠다.

“앉으세요.”

소향은 자리에서 일어나 무백을 앉히고 그 옆에 바싹 붙어 앉았다.

정자로 걸어오는 무백의 얼굴을 보고 소향은 깜짝 놀랐다. 수많은 손님을 받았지만 무백처럼 잘생긴 미남은 처음 보기 때문이다.

돈이 필요해서 점소이의 부탁을 들어주긴 했지만 무백을 보니 잘한 선택인 것 같아 기분이 좋아졌다.

곧이어 어린 여자애 둘이 술상을 들고 정자로 왔다.

술을 보자 무백은 손을 뻗으려 했다.

"아이, 왜 그리 급해요. 아직 이름도 알려주지 않으셨잖아요."

소향이 술병을 가로채며 무백의 코앞에 얼굴을 들이밀었다.

"무백이오."

"무백. 아주 담백한 이름인데요? 저는 소향이에요."

"아까 그렇다고 하더군요."

"어머, 어쩜. 얼굴만 잘생기신 게 아니라 예의까지 좋으셔. 오늘 제가 횡재를 한 것 같은데요? 호호호."

소향은 간드러진 웃음과 함께 볼까지 붉혔다.

접대하기 위한 말이 아니라 대부분 소향의 진심이 담긴 말이었다.

"이제 술을 마셔도 되오?"

"제가 한 잔 올리겠습니다."

소향은 살짝 무안했지만 그 정도는 자연스럽게 넘기며 양손으로 정성껏 술을 따랐다.

총수의 귀환
FUSION FANTASTIC STORY
텀블러 장편 소설

강대기는 술도 마실 줄 알아야 한다며 동이째 건네곤 했다. 지기 싫어 모두 비웠으나 대부분 내공을 운용해 체외로 배출했었다.

무백은 잔에 채워진 술을 단숨에 비웠다.

소향은 아무 말 없이 다시 잔을 채웠고 무백은 또 비웠다. 그렇게 한 병이 다 비워질 때까지 반복됐다.

무백이 다시 잔을 들었다.

"괜찮으신 거죠, 백랑? 말 상대를 찾으셨다고 하시던데 무슨 안 좋은 일이라도 있으셨어요? 그리고 술은 그렇게 급하게 먹으면 안 돼요."

소향의 말이 무백의 귀에 들어올 리 없었다.

무백은 잠시 빈 술잔을 내려다보다 낮게 숨을 내쉬었다. 술기운이 코를 통해 밖으로 나온다. 취한다는 기분이 어떤 건지 약간은 알 것 같았다.

시야가 좁아지고 몽롱함이 느껴졌다.

"…내게 매우 소중한, 음, 그렇게 됐다고 하는 게 옳겠네요. 그런 분들이 모두 돌아가셨어요."

"저런, 그러셨구나."

"저는 그분들께 은혜를 입었거든요. 그 은혜가 너무 커, 그분들이 돌아가시기 전에 하셨던 아주 작은 부탁을 들어드리고 싶었어요."

“잘 안 되신 건가요?”

“그분들의 가족에게 미약하나마 채워주려고 했던 건데…… 그런데, 우습게도 너무 늦었어요. 제가 해줄 수 있는 게 아무것도 없게 됐다는 얘기예요.”

“아…….”

소향이 낮게 안타까운 탄식을 흘렸다.

“없죠, 아무것도.”

무백은 백 년이란 말은 차마 꺼내지 못했다.

바로 어제처럼 느껴지던 의형들과의 일이 백 년 전에 있었던 것임을 어떻게 말할 수 있을까.

“저도 한 잔 주시겠어요?”

소향은 채워진 술을 입안에 털어 넣었다.

무백의 얘기는 아주 오래전 첫 정을 주었던 사내와의 일을 떠오르게 했기 때문이다.

찾아오겠다고 굳게 다짐을 하고선 일 년이 지나고 이 년이 지나도 소식 한 장 보내지 않았던 사내.

벌써 십 년도 더 전의 일이었다.

“속상하시죠? 저도 비슷한 경험이 있어서 알아요.”

“비슷한?”

“다른 기녀들이 그랬듯이 제게도 첫정이 있었답니다. 그때는 저도 예쁘다는 얘길 많이 들었는데…….”

“……..”

“어머, 너무하시는 거 아녀요? 지금도 예쁘다고 해주셔야
죠.”

“아… 예쁘세요.”

“핏. 빈말이란 걸 알지만 그래도 백랑께 들으니 기분 좋은
데요? 호호호. 아무튼, 그 사내와 하루를 보내고 다시 오길 기
다렸어요. 헌데 하루가 지나고 일 년이 지나도 그 사내가 오
질 않는 거예요. 저는 궁금해서 미칠 지경이 됐죠. 어느 날,
오늘처럼 하늘이 저렇게 시퍼런 날이었던 것 같아요…….”

잠시 소향이 하늘을 올려다보며 말을 멈추었다가 이었다.

“수소문해서 찾아갔더니 일 년 전부터 앓더니 얼마 전부터
누워서 오늘 내일 죽기만 기다린다고 하더라구요. 폐병이라
가까이 가면 옮는다며 얘기 한마디 못했어요. 그래도 거기까
지 갔는데 얼굴은 한 번 봐야겠다 싶어 데려갔던 시비의 등을
밟고 안을 들여다봤죠. 그런데…….”

소향은 잠시 말을 멈추고 술을 입에 털어 넣고는 고개를 돌
렸다.

손님 앞에서 다른 사내의 얘길 하며 눈물을 보인다?

그녀 사전에 있을 수도 없는 일이었다.

하지만 복받치는 감정을 주체하기 힘들었다.

오늘따라 왜 그런지 몰랐다.

"그런데 그 남자하고 딱 눈이 마주친 거예요. 뼈골이 상접해서 완전히 해골 같았어요. 죽지는 않았죠. 웃어줬어요. 저를 싫어해서 발길을 끊은 것이 아닌 걸 알고 웃었어요. 그 사람도 저를 보고 웃었죠. 며칠 뒤에 그 사람의 부고(訃告)를 들었어요. 그렇게 고통스러워하던 사람이 제가 다녀간 이후 싱글싱글 웃다가 행복하게 간 것 같다고 하더군요."

소향은 결국 눈물을 흘리고 말았다.

"어머, 주책. 죄송해요, 백랑. 제가 무슨 소릴 하고 있는 거죠?"

"아니, 아니. 그래서요? 나머지 얘길 듣고 싶네요."

"저 아이 보이세요?"

소향이 상을 들고 왔던 여인 중 한 명을 가리켰다.

"저 아이가 그이 딸이에요."

"……?"

"다행히 저 아이는 병이 깊지 않아 살릴 수 있었어요. 제가 다시 그이의 집을 찾아갔거든요. 꽃이라도 한 송이 무덤에 올려드리려고 갔다가 저 아이가 앓고 있는 걸 발견하고 곧장 의원에 데려갔죠. 그이는 늦어서 어쩔 수 없이 보냈지만 저 아이는 초기라 살릴 수 있었죠."

"……"

"제 미천한 생각엔 너무 늦는 건 없다고 봐요. 제가 그이를

원망하며 찾을 생각도 안 했으면 저 아이와는 만나지 못했을
거 아녀요?"

소향은 긴 얘기를 마치고 술을 다시 입안에 털어 넣은 뒤
딸이라고 한 여인을 돌아보며 웃었다. 딸 역시 소향을 향해
환하게 웃어주었다.

'너무 늦는 건 없다고? 백 년이 지났어도?'

무백은 소향의 말엔 공감했지만 다른 한편으론 부정하는
마음이 더 강했다.

'창 군사, 도대체 아홉 의형들의 식솔들은 어디에 있는 거
요?'

백 년 전 영웅맹의 군사였던 창천리.

천하를 구하기 위해서라면 무슨 일이든 마다하지 않고 해
치울 사람이 그였다.

무백 등이 진마궁주와 싸우러 갈 때 그는 영웅맹주 묵진천
의 전언이라며, 가족들은 영웅맹에서 책임지고 보호해 주겠
다고 했다.

무백과 아홉 의형들은 쓰게 웃었을 뿐이었다.

"우리들의 가족이나 사문은 보호를 필요로 하지 않소. 우리가
이 길을 가려는 것은, 옳은 길이라 여기기 때문이지 영웅맹을 위
해서 하는 일이 아니라오."

대형 장학인의 말이었으나 아홉 아우들 역시 같은 생각이었다.

그런 의인들의 가문에 무슨 일이 일어났던 것인가?

당시엔 진마궁주만 죽으면 진마궁은 와해되고 강호에 평화가 찾아올 거라 확신했지만, 현재의 강호는 달라진 것이 없어 보였다.

서서히 무백의 머릿속이 맑아졌다.

지금 중요한 것은 무백이 백 년을 무덤에서 보낸 것이 아니라 백 년 동안 의형들의 소식을 모르고 지냈을 그분들의 가족들을 찾는 게 우선인 것이다.

"그분들의 가족은 분명 어딘가에서 백랑이 와서 소식을 알려주길 기다리고 있을 거예요."

턱.

소향의 말이 끝남과 동시에 무백은 술잔을 내려놓았다.

"제가 그분들 중에 막내였거든요."

"그렇게 보여요."

"할 일을 잠시 잊었습니다."

"잘하실 거예요."

소향이 무백을 안으며 등을 토닥여 주었다.

움찔.

　무백은 갑작스런 소향의 행동에 놀랐으나 이내 소향의 손을 통해 전해지는 마음을 느낄 수 있었다.

　위로받는 느낌이 어떤 건지 알 것 같았다.

　잘못한 게 아닌 것이다.

　무백의 의지로 할 수 있던 상황이 아닌 것이다.

　그렇게 소향의 품에 안겨 있을 때였다.

　"아저씨!"

　커다란 목소리와 함께 별채 입구에서 턱이가 후다닥 달려와 무백과 소향 사이를 파고들었다.

　갑작스런 소년의 등장에 소향은 놀란 눈이 됐고 무백 역시 의아한 표정을 짓고 말았다.

　"술 마시지 말라고 했잖아요! 이 사람들이 아무것도 모르는 순진한 아저씨를 꾀서 얼마를 뜯어내려고… 흥! 내가 있는 한 어림 반 푼어치도 없는 줄 아서!"

　턱이가 소향을 향해 으름장을 놓고는 무백의 팔을 잡아끌었다.

　"턱아, 잠깐 앉지 그러냐?"

　"안 돼요. 그랬다간 더 바가지를 씌울 거라고요."

　"바가지?"

　"점소이 형, 여기 얼마 나왔어요?"

　턱이는 무백을 데려온 점소이를 불렀다.

점소이는 주루에선 얌전히 따라온 녀석이 갑자기 행패를 부리자 보통 놈이 아니란 것을 깨달았다. 이럴 때는 어리더라도 당차게 나가 기를 꺾어놓아야 했다.

"그건 너 같은 꼬맹이가 알 것 없어! 내 공자님께 따로 말씀 드릴 테니 말썽 피우지 말고 있어!"

"뭐? 꼬맹이? 내가 이래 뵈도 뒷골목에서 잔뼈가 굵은 놈이야! 이 아저씨가 순진해 보이니까 등쳐 먹으려고 하는 모양인데, 내 허락 없인 한 푼도 못 받을 줄 알아!"

턱이는 지지 않고 소리쳤다.

양손을 허리춤에 대고 떡 허니 선 자세가 제법 사내다워 보였다.

"여기 얼만가?"

무백은 턱이의 노력을 무의미하게 만들었다.

"아저씨?"

"술을 먹었으니 값은 치러야지."

"가만히 있어 보세요. 제가……."

"안 알려줄 건가?"

무백은 턱이가 인상 쓰며 손가락으로 입을 가리자 피식 웃고는 다시 점소이를 불렀다.

"에, 그게… 특별히 소향 아씨와 술 한 상, 그리고 술이 세 병이니까… 은자 열 냥……."

"이런 미친! 대낮에 술값 다 받고! 우와, 내가 미쳐! 이런 날
강도 같은……."

"…이지만, 낮이라는 것을 감안해 은자 일곱 냥만 받겠습
니다."

점소이는 턱이가 낮이란 말을 강조하자 잠시 식은땀을 흘
렸다. 정말로 화류계 생활을 잘 아는 꼬마 놈이었다. 일단은
무백의 태도에 따라 좀 더 깎아줘야 할지도 몰랐다.

"문대야, 그건 너무한 거 아냐? 밤에도 그렇게 받지는 않는
다, 애. 백랑, 그냥 은자 두 냥만 내세요."

듣고 있던 소향이 배시시 웃으며 말했다.

은자 두 냥이면 별채 빌린 값과 술값, 소향이의 몸값 정도
밖엔 나오지 않는 금액이었다.

"아홉 냥에서 턱이가 하나 가져갔으니 이거 여덟 냥인 모
양이네요. 소향……."

"소향이라고 그냥 부르세요."

"소향 소저, 덕분에 마음이 편해졌습니다."

"에이, 무슨 말씀을요. 제가 백랑 덕분에 속이 시원해졌지
요. 여기 한번 만져 보세요. 아직도 두근거린다니까요."

소향은 무백이 웃자 볼을 붉히며 좋아하다 갑자기 무백의
손을 잡아 자신의 가슴에 댔다.

얼결에 소향의 가슴을 쥐게 된 무백은 그 상태로 멍해지고

말았다.

“아저씨, 그게 다 돈이에요.”

“어머, 애! 이건 내 마음이야. 너는 무슨 애가 나이도 어리면서 그렇게 돈, 돈 하니?”

소향은 턱이가 끼어들자 눈을 가늘게 뜨며 노려봤다.

턱이도 지지 않고 소향을 노려봤으나 이내 얼굴을 돌릴 수밖에 없었다.

“아무튼, 두 냥 챙기고 나머진 아저씨께 돌려드려요.”

턱이는 끝까지 참견하는 걸 잊지 않았고 재빨리 상 건너편으로 넘어가 음식을 흡입하기 시작했다.

“애, 체할라, 천천히 먹어.”

“이게… 다… 돈인데… 남길 순… 없지…….”

턱이는 손에 잡히는 것은 뭐든 일단 입으로 가져갔다. 이미 턱이의 식사하는 모습을 본 적이 있는 무백은 그 모습이 기꺼웠다.

“하하하!”

“호호호!”

소향은 무백이 웃자 같이 웃었다.

은근슬쩍 다가가 무백의 팔을 자신의 가슴으로 감싸는 것도 잊지 않았다.

그것이 다시 한 번 무백으로 하여금 웃게 만들었다.

가슴을 쥐게 했을 때도 지금도 이상하게 성욕이 일지 않는 것이다.

"지금은 가진 게 이것뿐이에요, 소향 소저. 오늘, 정말 감사했습니다."

무백은 전낭을 소향의 손에 꼭 쥐어주었다.

"에이, 제가 뭘 했다고요. 오히려 백랑 앞에서 다른 남자 얘기나 한 주제랍니다. 이거 받으면 욕만 잔뜩 먹을 거예요."

소향이 고개를 가로저으며 전낭을 돌려주려 했으나 어쩐 일인지 팔이 꼼짝도 하지 않았다.

무슨 일이 벌어진지 몰라 소향이 놀란 눈으로 무백을 쳐다보니 무백은 이미 정자를 나서고 있었다.

"아, 아저씨… 이, 이거… 남기면… 벌 받아요……."

턱이는 소향이 들고 있는 전낭과 상다리 휘어지게 남아 있는 음식을 안타까운 눈으로 보다 닭다리와 당과 등을 주머니에 넣고 무백의 뒤를 쫓아갔다.

무백은 정자를 건너 별채 입구로 가다 잠시 멈춰 서서 소향이가 자신의 딸이라고 했던 소녀를 봤다.

구김 없는 표정으로 정자에서 일어난 일을 보며 즐거워하고 있었다.

"이름이 뭐지?"

"가연이요."

“가연. 알았다.”

“예? 예. 안녕히 가세요.”

“그래.”

무백과 턱이는 그렇게 별채에서 나왔다.

턱이는 무백을 따라 나오다 가연과 눈이 마주치자 입안 가득 담고 있던 음식을 재빨리 삼키고 소매에 든 음식들을 숨기기 급급했다.

그런 턱이를 보며 무백은 여유롭게 웃었다.

밖으로 나온 턱이는 무백을 의심스러운 눈으로 쳐다봤다.

무백이 어딘가 달라져 있었다.

“아저씨, 저 안에서 무슨 일 있었어요?”

“너도 다 봤잖느냐.”

“나중에 봤잖아요. 그전에 무슨 일 있었죠?”

턱이가 의심스러운 눈으로 무백을 쳐다봤다.

솔직히 말하라는 표정이었다.

“가연이가 소향 소저 딸이라고 하더라.”

무백은 잠시 고민하는 척하다 입을 열었다.

“예? 그럼 딸이 보는 앞에서…….”

“음?”

“아, 아뇨. 그럴 리 없겠죠. 아저씬데…….”

턱이는 무백의 눈치를 보면서도 무언가를 알고 싶어 하는 눈치였다.

"턱아."

"예."

"술 마시길 잘했다."

무백의 말에 턱이의 상상의 나래는 점점 더 높은 곳으로 치닫고 있었다.

"어? 이번엔 어딜 가시려고요?"

"어디긴. 금 대인에게 가야지."

"금 대인이요? 그럼 옷부터 갈아입어야 하니까 박 씨네부터 들러요."

"박 씨네?

"포목점이요. 제가 옷 사온다고 했잖아요. 가서 입기만 하면 될 거예요."

"옷. 그랬지."

"가요."

턱이는 재빨리 포목점을 향해 내달렸다.

주머니에 든 닭다리와 당과를 출렁이며 한참 뛰어가다 뒤를 돌아봤다.

"빨리요."

"그래, 간다."

술 덕분인가?

해야 할 일을 하면 그만이었다.
왜 이 간단한 것을 갖고 고민을 했는지.
무백은 턱이를 따라가며 웃었다.

第六章
천군보의의 비밀

금가장에 놀라운 광경이 벌어졌다.

누가 와도 집무실에서 나오지 않던 금율이 직접 금가장 입구까지 나온 것이다.

금가장의 식솔들은 자신들의 장주가 누굴 맞이하기 위해 직접 나왔는지 알고 싶어 숨어서 지켜볼 수 있는 곳이라면 어디든 숨어들었다.

"와룡문이나 군림회의 수뇌부가 아닌 다음에야 장주께서 직접 나오실 리가 없지."

"내 말이."

“도대체 누굴까?”

“마구간 덕이가 그러는데 젊은 사람이래.”

“젊어? 그렇게 높은 지위를 가진 사람이 젊기까지 하다고? 이럴 때 보면 세상은 정말 불공평해.”

숨어서 기다리고 있는 금가장의 식솔들은 기대에 찬 눈으로 입구를 지켜봤다.

끼이익—

육중한 금가장의 정문이 열렸다.

그러나 문은 금방 다시 닫혔다.

와룡문이나 군림회의 수뇌부라면 으리으리한 마차를 타고 왔을 게 분명한데 단 두 명, 그것도 청년 한 명과 십여 세의 소년이 들어섰기 때문이다.

“엥?”

“으째…….”

당황스러운 탄식이 금가장 이곳저곳에서 흘러나왔다.

“금가장을 운영하고 있는 금 모라고 합니다.”

금율은 자신을 낮춰 소개했다.

무백은 금율의 소개에 공손히 포권을 취했다.

관운장을 연상케 하는 수염과 장대한 체구만으로도 능히 대인이라 불리기에 손색이 없는 사람이었다.

금가장은 밖에서 볼 때보다 안에서 내부를 보는 것이 더욱 장관이었다.

정면에 배치된 전각으로 인해 뒤쪽이 보이지 않아 규모를 짐작하기 어려울 수도 있지만 좌우의 폭을 보면 능히 뒤쪽에 어느 정도의 전각들이 자리하고 있을지 상상이 갔다.

'이 정도 부를 축적하고 있는 사람이 일각도 안 돼서 나왔다. 설혹 내가 가져온 것이 천군보의라 했더라도 진품인지 아닌지도 확인되지 않은 상태지 않나?'

무백은 금율의 모습에 적잖이 충격을 받았지만 내색은 하지 않았다. 그것이 가능한 이유는 바로 백 년 전에 진마궁주와 영웅맹주를 눈앞에서 만나봤기 때문이다.

"무백이라고 합니다. 이 아이는 턱이라고, 제 동업자입니다."

"과찬이십니다. 귀인을 만나게 되어 제가 오히려 영광입니다. 자, 누추하지만 안으로 드시지요."

금율은 손을 들어 안쪽을 가리켰다.

이 엄청난 규모의 장원을 보고 누추하다는 표현을 했음에도 무백을 깔보거나 하는 느낌은 없었다. 과장하지 않은 진심이라는 것을 알 수 있는 인사였다.

'그런 건가? 상노야께 또 신세를 졌구나.'

무백은 금율과 나란히 걸으며 상노야의 주름 가득한 얼굴을 떠올렸다. 미리 금율에게 연락을 취해놓았던 것이다.

“귀인께 실례가 안 된다면 올해로 나이가 어찌 되시는지 여쭤봐도 되겠습니까?”

금율이 몇 걸음 걷다 말고 무백을 돌아봤다.

정문에 들어설 때 무백은 조금도 긴장하지 않은 모습이었다. 안에 아무런 위험이 없다는 것을 알았거나, 무공의 무 자도 모르는 사람이거나 둘 중 하나라 여긴 까닭이다.

“스물하나입니다.”

무백은 아무 거리낌 없이 대답했다.

물론 백 년을 뺀 숫자긴 했다.

“스물하나… 그러시군요.”

금율은 자연스럽게 고개를 끄덕여 반응했지만 속으론 여간 놀라고 있는 것이 아니었다.

약령이 기척도 느끼지 못한 고수란 말을 듣지 않았다면 금율 역시 무공을 모르는 평범한 청년이라 여겼을 것이기 때문이다.

‘기를 안으로 갈무리할 정도의 고수란 말인가? 겨우 약관의 나이에?’

금율의 안색이 미미하게 굳었다.

지금이라면 일수에 무백을 제압할 자신이 있었다. 허나 무백이 그렇게 느끼도록 하는 것이라면? 적어도 금율보다는 고수임을 뜻했다.

첫 만남에서 좋은 인상을 심어준 금율이 나이를 물어본 이후 조용히 걸음만 옮기고 있었다. 무백은 금율의 속내를 모르기에 따라서 걸을 수밖에 없었다.

"아저씨, 여기 너무 으리으리한 거 아녀요? 대단해요, 대단해……."

턱이가 무백의 곁으로 바싹 다가와 최대한 조용히 물었다.

"턱아, 그런 것보다 이런 으리으리한 장원의 주인께서 우릴 맞아주신 게 더 대단하지 않냐?"

"…어? 그러고 보니 그러네요?"

"상노야께서 미리 연락해 주신 모양이다."

"아! 그럼 정말로 아저씨의 그 옷이 대단한 물건이긴 한가 보네요, 그쵸?"

턱이는 진지하게 물었지만 무백은 씨익, 웃기만 했다.

뭐라고 해주고 싶어도 무복에 대해 아는 게 있어야 그리 할 게 아닌가?

무백 역시 금율에게 묻고 싶은 부분이었다.

금율이 걸음을 멈춘 곳은 실내가 아니었다. 사방이 훤히 뚫려 있고 중앙엔 인공연못이 고풍스런 정자를 떠받치며 흐르고 있었다.

"이곳입니다. 차를 내오너라."

금율은 시비로 보이는 여인에게 명령을 내리고는 무백에

게 정자로 오를 것을 청했다.

"정말 대단한 정성이 담긴 곳이군요."

무백은 정자에 새겨진 문양과 형태에 감탄하며 탄성을 터트렸다.

"제 선대께서 남기신 가보입니다."

"가보요?"

무백은 의아한 표정으로 금율을 쳐다봤다.

가보라는 말을 이해할 수 없었기 때문이다.

가보라면 공개하지 않고 고이 간직해야 하는 것이 옳기 때문이다.

"무슨 생각을 하시는지 잘 알고 있습니다. 허나 가치를 지닌 것이라면 그 가치에 맞게 쓰여야 한다는 것이 금가장의 방침이기도 합니다."

"아!"

무백은 금율의 말에 절로 탄성을 터트릴 수밖에 없었다.

"차가 나올 때까지 귀인께서 가져오신 보의를 감정해 봐도 되겠습니까?"

"당연한 말씀이십니다."

무백은 흔쾌히 무복을 담은 보따리를 풀었다.

검푸른 무복이 접힌 채로 모습을 드러냈다.

'수, 숨이 막힌다.'

금율은 무백이 천군보의를 보여준 순간 숨이 막히는 것을
느꼈다.

굳이 감정해 보지 않아도 알 수 있었다.

진품이었다.

앞면의 울룩불룩한 면의 모습이 천군상에 새겨진 모양 그
대로였다.

떨리는 손으로 무복을 뒤집었다.

약령의 말대로 앞뒤를 연결한 끈은 보이지 않았다.

이 보의를 만들기 위해 얼마나 뛰어난 장인이 심혈을 기울
였는지 절로 느껴졌다.

"대단하다는 말로도 부족하군요. 이런 보의가 실제로 존재
할 줄이야."

금율은 차마 그 다음 말은 잇지 못했다.

앞에 무백이 없었다면 눈물이라도 흘렸을 것이다.

"어째서 이걸 팔 생각을 하셨습니까?"

금율로서는 당연한 질문이었다.

"제겐 더 이상 필요 없는 물건이라서요."

"……!"

금율은 자신의 귀를 의심했다.

분명 무백은 자신에겐 더 이상 필요하지 않는 물건이라고
했다.

입고 있기만 해도 도검은 물론 강기까지도 막아줄 것 같은 보의가 필요 없다?

"귀인께서 원하는 값을 말씀해 주십시오."

"제가 원하는 값을요?"

"천금을 원하시면 천금을 드릴 것이고 만금을 원하시면 만금을 드리겠습니다."

"외람되지만 한 가지 여쭤봐도 되겠습니까, 대인?"

"얼마든지 물어보셔도 됩니다. 제가 아는 한에선 최선을 다해 말씀드리겠습니다."

"만금으론 뭘 할 수 있을까요?"

무백은 아무렇지도 않게 물었다.

조양루에서 턱이에게 물었을 때와 같은 질문이었다.

옆에서 조마조마한 마음으로 무백과 금율의 대화를 듣고 있던 턱이는 더 이상 듣고 있을 수가 없어 눈을 질끈 감았다.

'내 이럴 줄 알았어. 그런 건 내게 물어보라구요!'

턱이는 금율의 입에서 어떤 말이 나올지 충분히 예상할 수 있었다. 장사꾼에게 흥정은 못 할지언정 칼자루를 쥐어준 꼴이 됐으니 턱이로선 답답함에 미칠 지경이었다.

"뭘 하고 싶으냐에 따라 다르겠지요."

"아홉 가문이 편하게 여생을 누리며 살 정도는 될까요?"

"아홉 가문이요? 그 또한 규모가 어느 정도인지에 따라 다르겠지요."

"그 부분은 제가 잘 모르겠네요."

"흠……."

금율은 무백의 질문과 대답에 잠시 고민하다 턱수염을 쓰다듬고서 말을 이었다.

"제가 그 아홉 가문을 평생 모자람 없이 도와드리겠다고 하면 어떠십니까?"

"……."

의외의 대답에 무백은 금율을 쳐다봤다.

스스로 규모에 따라 다르다고 해놓고선 그걸 책임지겠다고 한다. 평범한 사람이 아니란 것은 이미 정자에 오를 때 알았으나 이 정도일 줄은 상상도 하지 못한 것이다.

"이 옷이 그 정도의 가치나 되는 겁니까?"

"제게는 그렇습니다."

금율은 조금도 주저함 없이 대답했다.

"감사한 마음으로 받아들이겠습니다."

무백 역시 조금도 주저하지 않고 받아들였다.

결과가 이렇게 되고 보니 놀란 것은 옆에서 불만 많던 턱이가 됐다.

'아홉 가문? 그 사람들이 평생 먹고 살 돈을 주겠다고? 그걸 아무렇지도 않게 받아들이겠다고?

턱이는 지금 새로운 세상을 보고 있는 것 같았다.

무백과 금율이 인간세상의 사람들처럼 보이지 않은 것이다.

말도 안 되는 거래를, 은자 한 냥으로 뭘 해야 하는지도 모르는 무백이 해낸 것이다.

가슴이 미친 듯이 쿵쾅대며 뛰었다.

그러고 보니 조양루에서도 이와 비슷한 경험을 한 것도 같았다.

자고 일어나니 딴 세상의 중심에 무백이 서 있었잖은가?

턱이는 떨지 않기 위해 양손을 맞잡고 각지를 꼈다.

이런 사람들에게 자신의 작은 가슴팍을 들키기 싫은 오기가 발동한 것이다.

격정이 오른 자리를 식힌 것은 때마침 나온 차였다.

차를 담은 주발과 찻잔 등을 쟁반에 받치고 여인이 다가오고 있었다.

'만금이든 십만금이든 한 번 이상 다시 금가장에 들러야 한다. 이 청년은 분명 내가 상상하는 그 이상의 무언가를 가지고 있는 사람이다. 이런 사람에게 투자를 하지 않으면 무엇에 투자를 한단 말인가?'

금율이 무백의 제안을 흔쾌히 받아들인 이유였다.

"령아, 이분이 천군보의의 주인이시다. 인사하거라."

금율은 차를 들고 나타난 약령에게 무백을 소개해 주었다.

"무백이라 합니다, 소저."

"약령입니다."

약령은 시선을 내려 일부러 무백과 눈을 마주치지 않았다.

"어? 그때 그 누나네? 여기 분이셨구나. 이런 인연이 다 있네요?"

약령은 턱이를 향해 가볍게 눈인사만 건네고 말았다.

아는 사람을 만나서 말이라도 붙여보려 했던 턱이로선 머쓱해지고 만 것이다.

"헌데 귀인께선 천군보의를 팔려고 천양까지 오신 겁니까?"

금율이 찻잔을 입에 대며 물었다.

여러 가지 의미가 담긴 질문이었다.

"아니요. 오래전 천양에 사셨던 분에 대해 알아보려던 참인데 상노야를 만나 대인이 이 옷에 관심이 있다는 걸 알게 됐지요."

"이곳에서 사셨던? 혹시 그분이 조금 전에 말씀하셨던 아홉 가문 중 한 곳에서……."

"그런 셈이죠."

"흠, 잘됐군요. 큰 도움은 아니겠지만 그분에 대해 말씀해 주시면 제가 알아봐 드리지요."

　금율의 배려에 무백은 감격한 표정을 숨기지 않았다. 만금을 받는 것보다 담문에 대한 정보를 아는 것이 훨씬 중요하기 때문이다.

　'이렇게 사람의 마음을 잘 읽으니 이런 어마어마한 부를 축적한 거겠지. 대단한 분이란 생각밖엔 들지 않는구나.'

　무백의 진심이었다.

　천군상이 백 년 전에 만들어졌다는 걸 알았을 때는 하늘이 무너진 것 같은 절망감을 가졌으나, 소향과의 대화로 고민 대신 움직일 생각을 갖게 됐고 금율과의 만남으로 그 시간을 단축시킬 방안이 모색된 것이다.

　"그분의 이름은 담 자, 문 자를 쓰십니다."

　딸그락.

　금율이 들고 있던 찻잔을 내려놓았다.

　조금 전까지의 인자하던 대인의 풍모가 사라지며 언제든 출수할 수 있는 자세로 무백을 노려봤다.

　순식간에 정자 안은 터져 버릴 것 같은 긴장감으로 가득 찼다.

　금율은 무백을 직시하며 눈 한 번 깜빡이지 않았다.

　담문이란 이름 하나로 완전히 다른 사람이 무백의 앞에 앉게 된 것이다.

　"아는 분이신가요?"

“일부러 찾아온 건가?”

“말씀드렸듯이 보의를 팔러 왔을 뿐입니다.”

“아주 우연한 일이군. 자네가 찾는 분은 백 년 전 사람이
네. 그것도 외부에 전혀 알려지지 않은 분이시지. 헌데도 내
가 왜 이러는지 모르겠다?”

“모릅니다. 그리고 화부터 가라앉히시지요. 자칫 가보가
상할 수도 있습니다.”

무백은 금율의 더욱 사나워진 기운을 받아내며 시선을 위
로 올렸다. 정자가 위험할지 모른다는 암시였다.

‘이런!’

금율이 그제야 지나치게 흥분했음을 깨닫고 기세를 거둬
들였다.

“천추의 한을 남길 뻔했군. 미안하오. 내가 잠시 실례를 했
소.”

금율은 진심으로 사과를 했다.

“괜찮습니다.”

무백은 조금 전에 보인 금율의 반응으로 금율이 담문과 어
떤 식으로든 연관이 있을지 모른다는 생각에 오히려 기분이
좋아지고 있었다.

“자리를 옮겨 그분에 대한 얘기를 마저 나누고 싶은데 어
떻소?”

더 이상 무백에게 귀인이란 호칭은 사용하지 않았으나 예의는 잊지 않았다.

"바라던 바입니다."

무백은 금율의 말에 망설임 없이 자리에서 일어났다.

이곳에서 싸움이라도 일어나면 곤란하다는 듯 정자의 기둥을 조심스럽게 매만지며 살피기까지 했다.

'뭐지? 저런 표정이라니.'

금율은 무백의 행동에 의문이 하나 더 늘었다.

또 한 사람, 무백과 금율이 정자를 나선 순간 약령의 눈빛이 크게 흔들렸다.

조금 전 금율이 기세를 드러낼 때 정자 안에서 무슨 일이 있었는지 지켜본 유일한 사람이 그녀였다.

'장주님께서 기운을 거두신 게 아니라 저 사람이 막아낸 것이다.'

약령은 금율이 정자를 얼마나 소중히 여기는지 누구보다 잘 알고 있었다. 당연히 금율의 기세가 일어나자마자 한빙심결을 운용해 정자를 보호하려 했다.

그러나 약령이 나서기 전에 금율의 기운은 사라졌다.

누군가가 그 기운을 막아내지 않았다면 정자는 벌써 무너져 내렸을 것이다.

누구냐?

의문은 한 사람을 지목하고 있었다.

그녀가 기척을 느끼지 못했던 무백.

'그 정도였다고?'

약령은 자신의 생각을 확신하면서도 부정하고 싶었다. 인정하기엔 무백의 나이며 행동이 너무도 수상쩍었기 때문이다.

'음? 이건, 소름?'

막 정자를 나서던 약령은 자신의 팔을 보고 다시 한 번 놀라야 했다. 월령소수를 익힌 그녀의 손에 소름이 돋아 있었다.

약령은 어떤 경우엔 눈으로 보는 것보다 몸이 더 정확하다는 걸 알고 있었다. 어쩌면 무백은 그녀가 생각한 것보다 훨씬 강한 고수인지도 몰랐다.

'도대체 장주님보다 강하면 얼마나 고수란 거지?'

약령은 선옥인을 제외하고 근방에서 금율보다 강한 고수를 보지 못했다. 꽤 오래전, 선옥인의 사문에서 나온 원로란 두 사람을 제외하곤.

천군상 앞에서 무백의 기척조차 느끼지 못한 데엔 이유가 있었던 것이다.

자리를 옮긴 곳은 금율의 집무실이었다.

정확히는 집무실 안의 비밀 지하석실이었다.

"세상 사람들은 그분을 청청화공(靑靑畵工)이라 불렀다고 하오. 금기서화(琴碁書畵)에 능하셨는데 특히 그림과 조각에 서는 천양뿐만 아니라 감숙 제일이란 평가를 받았더군요."

금율이 먼저 입을 열었다.

금율은 무백과 일정한 거리를 두고 서 있었다.

그 상태로 두 사람은 서로의 눈을 응시했다.

어둠은 두 사람에게 이미 아무런 방해도 되지 못하는 것 같 았다.

"그러셨군요."

무백은 담담하게 금율의 말을 받았다.

담문이 예술에 대한 조예가 남달랐다는 것이야 잘 알고 있 던 터였다.

"금 대인은 어찌 그분에 대해 그리 소상히 아는지 물어봐 도 될까요?"

무백의 질문에 금율은 쉽게 입을 떼지 않았다.

담문이란 이름이 뜻밖의 장소에서 뜻밖의 인물에게 나오 자 금율은 순간적으로 이성을 잃었었다. 하지만 지금은 충분 히 냉정을 되찾은 뒤였다.

"외조부요."

"……"

이번엔 지금껏 담담한 신색을 유지하던 무백이 멍한 표정으로 금율을 쳐다봤다.

담문은 후사가 없다고 했다.

외조부라면 금율의 어머니의 아버님?

그런 일이 있었다면 담문이 몰랐었을까?

오만 가지 질문이 무백의 머릿속에 떠올랐다.

"난 대답을 했소만?"

"그분이 외조부라는 말을 믿어야 할지 몰라서… 저는 그분께선 누구와도 백년가례를 맺지 않으셨다고 들었습니다."

"듣기론? 이미 강호에서 잊혀진 분을 누구에게 들었단 말이오?"

"정확히는 봤다고 해야 옳지만 자세한 건 말씀드리기 곤란하군요."

당사자인 담문에게 직접 들었다고 말한다면 금율이 믿어줄까?

그럴 리 없었다.

이 부분만큼은 비밀에 붙이는 것이 좋았다.

"도대체 그대는 누구요? 천군보의도 그렇고 외조부님에 대해 묻는 것도 그렇고. 혹시 외조부님의 유물이라도 발견한 거요?"

금율은 그것 외엔 무백처럼 젊은 사람이 담문에 대해 알고 있을 리 없다고 생각했다.

"설명을 부탁드립니다."

무백은 금율의 질문에 답하지 않고 오히려 답을 촉구했다.

"좋소. 내 설명이 끝나고도 말이 없다면 각오하는 게 좋을 거요. 외조부께선 자유로운 분이셨다고 하오. 한 여인에게 얽매이는 것을 싫어하셔서 외조모는 어머님을 임신한 사실을 숨겼다고 들었소."

"아… 그럼 그때 이미……."

무백은 금율의 설명에 답답했던 가슴이 뚫리는 것 같았다. 담문의 성을 잇지는 않았어도 담문의 핏줄은 이어지고 있었다.

얼마나 다행스러운 일인지 몰랐다.

"그때? 언제를 말하는 거요?"

"……."

"나는 숨김없이 모두 말했소. 이제 그대 차례요. 그때는 언제를 말하는 거요?"

'진마궁주를 죽이러 갈 때를 말하는 겁니다.'

무백은 자신도 모르게 입술을 움직거렸다.

하지만 그 어떤 말도 할 수 없었다.

담문이 백 년 전에 의형으로 모시던 분이라는 것과 후사가 걱정돼 찾아왔다는 말을 어떻게 한단 말인가?

무백은 침묵할 수밖에 없었다.

"그대도 그들 중 한 곳의 후인이오?"

"그들이라니요?"

다시 반문하는 무백을 보며 금율은 수염을 쓰다듬었다. 지금부터 할 얘기가 얼마나 중요한지를 알려주는 모습이었다.

"그대가 말한 아홉 가문 말이오."

"……."

"사실 나 역시도 그대와 같은 생각을 한 적이 있었소. 외조부님과 아홉 명의 알려지지 않은 고수들이 진마궁을 쳐들어 갔다는 것을 알게 된 뒤 말이오."

쿵!

무백은 심장이 멈추는 것 같았다.

아무도 모르던 진마궁이란 말을 듣자 눈동자가 쉴 새 없이 떨렸다. 그 모습을 보고 금율은 자신의 예상이 옳았다고 판단했다.

"맹세코 그들에 대한 정보만 있었다면 벌써 그렇게 했을 것이오."

"믿습니다. 제가 본 금 대인께선 충분히 그러고도 남을 분이십니다."

"그럼 인정하는 거요? 그대 역시 그 열 분의 후인 중 한 명이란 것을?"

금율의 눈에 기대하는 빛이 역력했다.

무백은 자신이 백 년 전 그들 중 한 명이란 말을 차마 할 수 없었다. 허나 아홉 의형의 후인과 대화를 나누자 마음이 너무도 편해졌다.

"열 분 중 막내였던 분의 후인입니다."

"오!"

금율은 탄성을 터트리며 감격에 젖은 눈이 됐다.

그 모습은 충분히 무백에게 위안이 될 수 있었다.

"그대의 선대께선 어떤 분이셨소?"

"…타협을 모르고 불의를 보면 참지 못하는 분이라고 읽었습니다."

"읽었다? 누군가 그대의 선대와 다른 아홉 분에 대해 글이라도 남긴 듯이 말하는 구려?"

금율의 표정에 의혹이 어렸다.

무백이 한 말은 충분히 그럴 소지가 있었다.

"제 선대께선 진마궁과의 일전에서 크게 다쳐 임종 때까지 병석에 누워 계셨다고 합니다."

"아……."

"그때, 임종을 기다리시며 함께 했던 아홉 분의 이름과 무공 등을 제자에게 알려주셨고 그것을 사부님께서 제게 남겨주셨습니다. 길을 나서며 모옥과 함께 모두 태우긴 했지만 전부 기억은 하고 있지요.”

무백은 금율이 믿을 준비를 하고 있기에 어렵지 않게 둘러 댈 수 있었고 금율은 무백의 말을 모두 믿는 눈치였다.

“늘 궁금했다오.”

“……?”

“외조모께선 외조부와 함께 길을 나선 분들의 무공에 대해 이렇게 남기셨소. 외조부를 설득하기 위해 찾아온 사람은 외조부보다 훨씬 어렸는데 이기지 못했다고 말이오. 천군벽, 천군상이 새겨진 곳을 그리 부르오. 그곳이 그때 무너졌다고 하셨소.”

‘그때는 저도, 담 형님도 서로의 실력에 대해 많이 놀랐었지요.’

무백은 당시의 기억이 떠올라 미소를 지었다.

몇 번이나 천군벽에 부딪쳤는지 생각만 했는데도 내부가 울렁거리는 것 같았다.

“그대는 무공을 대성하였소?”

“대성… 어려운 질문이군요.”

금율이 무엇을 묻는지 알고 있으면서도 무백은 쉽게 대답하지 못했다.

북두제검(北斗帝劍).

무백이 익힌 검이다.

천추(天樞)에서 시작되어 일곱 개 별의 마지막인 요광(搖光)에 이르러 완성되는 검식.

전일식 괴(魁), 후일식 표(杓), 그리고 두 식이 합쳐져 두(斗)가 된다. 별에 대한 설명을 형상화시켜 검식으로 만든 것이다.

무백은 진마궁주의 이마를 뚫을 때 단 한 번 북두를 사용했다. 그때는 대법의 도움을 받아 체내의 잠력을 극한까지 끌어올린 상태라 가능했지만 지금은 어떨지 확신할 수 없었다.

"미안하오. 느닷없는 질문이긴 하겠지만, 그만큼 그대의 모습은 특별하구려. 만약 무공을 익혔다면 대성하지 않았을까 하는 생각이 들 정도로 말이오. 일평생 천군도결에 매달렸지만 아직도 대성과는 거리가 먼 사람이라 부러웠던 건지도 모르겠소."

"천군도결이요?"

"천군상에 남겨두신 외조부님의 도법을 그렇게 부르고 있다오."

"미륵삼불해를 말씀하시는 거군요?"

"미륵삼불해?"

금율이 의아함과 놀라움이 담긴 눈으로 무백을 쳐다봤다.

"담 자, 문 자 쓰시는 분의 무공이 미륵삼불해라 읽었습니다."

"미륵삼불해… 천군처럼 강맹한 도법이라 정한 건 나만의 생각이었던가? 미륵이라면 불가의 이치를 접목했어야 하는 건가?"

금율은 천군도결의 진짜 이름을 듣자마자 순수한 궁구(窮究)의 세계로 빠져들었다.

지금까지 금율은 천군도결을 강맹하고 선을 굵게만 펼쳐 내려 했지 미륵과 같이 부드러운 느낌을 담지 않았다.

머릿속으로 떠오르는 수많은 선들을 부드럽게 구부려 보았다. 직각으로 굽었던 길을 조금은 느슨하게, 기운이 나가야 하는 자리에서 전부 쏟는 게 아니라 덜 내보내 본다.

'대단하구나. 그저 원래의 이름을 알려주었을 뿐인데 금 대인의 기운이 달라지고 있다. 유(柔)해지고 있어. 그동안 얼마나 많은 시간을 담 형님의 무공을 추구했으면 저럴 수 있을까.'

무백은 금율의 내부에서 변화가 일어나고 있고 그것이 나쁘지 않음을 알 수 있었다. 미륵삼불해의 오의를 살짝 엿본 것 같았다.

무백은 지그시 눈을 감고 담문이 방해받지 않도록 석실 전체를 감싸주었다.

'이렇게라도 담 형님의 무공이 남아 있어 다행이다. 형님들의 무공은 사라져선 안 돼.'

백 년 전, 진마궁주의 무공은 인간의 경지를 벗어난 상태였다. 들었던 얘기로는 그의 측근들조차 내공을 끌어올린 상태로 만나야 할 정도로 그의 마공이 강하다고 했던가.

전 강호는 그를 두려워했다.

영웅맹주와 수뇌부들도 진마궁주와 직접적인 격돌은 피할 정도였다.

그런 그에게 무백과 아홉 의형은 당당히 나섰다.

진마궁주와 그의 수신호위 열 명.

수신호위들을 제압하고 궁주전에 들어서자 한 사람이 태사의에 앉아 무백 등을 기다리고 있었다.

그때의 위압감을 무백은 평생 잊을 수 없을 것이다.

거대한 마신(魔神).

의형들의 호신강기가 찢기고 무기가 깨졌으며 신체의 일부를 잃은 분들도 있었다.

그러나 의형들은 누구 한 사람도 물러서지 않고 끝까지 서로의 뒤를 받쳐 주며 싸웠고 결국 진마궁주를 죽였다.

'형님들.'

감회가 다시금 떠오른다.

고오오—

담문이 미륵삼불해를 펼쳐 진마궁주의 호신강기와 부딪칠 때 났던 육중한 굉음이 들리는 것 같았다.

금율의 전신에서 기세가 일어났다.

그제야 무백은 상념에서 깨어날 수 있었다.

백 년 전의 담문이 펼쳤던 미륵삼불해와는 차이가 있지만 금율에게서 비슷한 기운이 느껴진 까닭이다.

이럴 때는 어떻게 해야 할까?

금율은 내부에서 분출되고 싶어 하는 진기를 제어하는 중인 모양이다.

그럴 필요 없었다.

감겼던 금율의 눈이 떠졌다.

무백은 그 눈을 응시할 뿐 아무런 행동도 말도 하지 않았다.

슥.

무백이 손을 내밀었다.

손끝이 가리킨 곳은 금율의 목이었다.

금율은 그 느릿한 동작 하나를 지켜보다 등이 오싹해지는 것을 느꼈다.

'저 손이 멈추면 위험하다!'

금율은 무백이 손을 멈추지 못하게 해야 한다는 생각이 들자마자 등 뒤에 있던 도를 당겨 손에 쥐고는 곧장 무백을 공격해 들어갔다.

무백은 금율의 첫 번째 공격을 가볍게 피했다.

콰콰콰!

빗나간 금율의 도기가 거칠게 석실을 때렸다.

분출의 희열을 느낀 모양이다. 아니, 분출해도 무백은 괜찮을 거라 여긴 모양이다. 이어진 금율의 공격이 더욱 과감해졌다.

쾅!

힘이 더해진 금율의 도가 무백의 머리로 떨어졌다.

'아차, 무 소협은 무기가 없다!'

금율은 도를 내려친 순간 깨달았으나 이미 진기를 내보낸 뒤였다.

"괜찮습니다."

"……!"

무백의 목소리엔 놀람이나 두려움이 전혀 없었다.

금율은 자신도 모르게 거두려 했던 진기를 원래의 흐름대로 내버려두었다.

콰콰콰콰!

금율의 도에서 흘러나온 무지막지한 기운이 아지랑이처럼 형상화되며 어둠속에서 또렷이 보였다.

'저건… 가, 강기(罡氣)?'

금율의 자신이 만들어내고 있는 아지랑이를 보며 믿을 수 없는 눈이 됐다.

천군도결을 익히면서 몇 번 시전해 본 적은 있지만 지금처럼 수십 개의 아지랑이를 만들어본 경험은 단 한 번도 없었다.

그러나 희열은 무백이 눈에 들어오며 후회로 바뀌었다.

'아! 미안하오, 무 소협.'

무백의 말을 듣지 말았어야 했다.

자신의 공격을 무기도 없이 막아낸다는 것은 있을 수 없는 일이었다.

"무무일승식(無無一乘式)은 고뇌가 잠시 현세에 머무는 것으로, 상하와 사방을 가두어 육합(六合)이 고뇌로 가득할 때 비로소 일승만공세(一乘萬攻勢)로 바뀐다. 쌓이고 쌓인 기세는 곧 부처님의 손바닥이 되어 삼라(森羅)를 진압한다. 이것을, 고뇌를 털어버린 미륵의 해법을 미륵삼불해라 한다."

금율의 도에서 쏟아지던 아지랑이들이 무백의 담담한 목소리에 멈춘 것처럼 보였다.

석— 석— 석—

금율은 똑똑히 지켜보고 있었다.

무백의 수도(手刀)가 금율이 만들어낸 아지랑이들을 가볍게 잘라냈다.

금율의 눈에 그 모든 동작이 새겨졌다.

무백은 단 한 수로 금율의 아지랑이들을 잘라냈고 마지막으로 손날을 세워 금율의 도에 댔다.

퉁.

모든 것이 정지된 공간에서 홀로 움직이던 무백의 동작이
멈춘 건 그때였다.

"아……."

쾅!

콰쾅!

갑작스런 진동에 집무실 밖에서 기다리고 있던 약령과 천
군보의 소식을 전해 듣고 달려온 금성문이 깜짝 놀라 금율의
집무실을 돌아봤다.

드드드—

오층전각이 지진이라도 만난 것처럼 부르르 떨며 비명을
질렀다.

"아, 아버님……."

"장주님!"

금성문과 약령이 동시에 소리치며 전각 안으로 뛰어들었
다.

"아저씨……."

턱이가 겁먹은 목소리로 무백을 부르며 따라 들어가려 하
자 금가장 무인들이 앞을 가로막았다.

"비켜요. 저 안에 아저씨가 있단 말예요."

"들어가면 다칠 수 있다."

“그건 내가 알아서 해요.”

턱이는 고집스러운 표정으로 무인을 밀친 후 전각 안으로 들어갔다.

안으로 들어가자 금성문과 약령이 집무실 안에 있는 것을 볼 수 있었다.

“아저씨!”

턱이가 소리치며 안으로 들어갔다.

“어? 아무도 없네?”

턱이는 텅 빈 집무실을 황당한 눈으로 쳐다봤다.

“위층인가? 이거 놔요!”

턱이가 위층으로 올라가려 계단 쪽을 향해 막 움직이려는 순간 누군가 뒷깃을 잡고 들어올렸다.

“네가 찾는 사람은 여기 있으니까 가만히 있어.”

금성문이 대롱대롱 매달린 턱이에게 나직이 말했다.

“거짓말하지 마요! 여기에 사람이 어디 있어요? 놔요, 위에 찾아보고 없으면 또 위를 찾아볼 테니까!”

“너와 놀아줄 시간 없다. 얌전히 있어.”

금성문의 목소리는 조금 더 심각해져 있었다.

턱이는 뭔가 이상함을 느끼고 발버둥치는 걸 멈췄다.

금성문과 약령의 표정은 좋지 않았다.

‘뭐가 뭔지 모르지만 이 사람들이 심각한 이유는… 아저씨가 괜찮으니까?

촉이 왔다.

"이거 놔줘요. 안 돌아다닐 테니까, 놔줘요."

"그걸 어떻게 믿어."

"아저씨가 무사한 걸 아는데 뭣 하러 들쑤시고 다녀요. 안 돌아다닐 테니까 놔줘요."

"그 사람이 무사한 걸 안다고? 어떻게?"

금성문이 인상을 쓰며 턱이를 내려다봤다.

"두 분이 심각하잖아요. 아저씨가 위험하면 그런 표정 짓겠어요? 그냥 제 촉이 그래요."

금성문의 손에서 자유로워진 턱이는 방 한쪽에 있는 의자로 가 털썩 아무렇게나 앉았다.

"어떻게 그렇게 확신하지?"

이번엔 약령이 물었다.

"뭐가요?"

"무 소협이 무사할 거란 네 말."

"아저씨는 보통사람이 아니거든요."

턱이는 약령에게 의기양양한 웃음을 보여주었다.

"네 아저씨는 저 안에 있다."

금성문이 오래된 서화가 걸린 벽을 눈으로 가리켰다.

"예? 근데 왜 안 들어가고 그래요?"

턱이의 말에 금성문이 약령을 돌아봤고 약령은 미미하게 고개를 가로저었다.

석실 안에서 문을 잠그면 밖에선 들어갈 수 없도록 만들어져 있기 때문이다.

그곳이 금율의 개인 수련공간이란 건 두 사람 모두 알고 있는 사실이었다.

"꼬맹아, 저 벽을 열고 나오는 사람이 아버님이길 바라야 할 거다."

금성문이 툭 한마디 뱉었다.

"제가 왜요?"

"그럴 리는 없지만 만에 하나 그자가 혼자서 나오게 되면 내가 죽일 거거든."

"……!"

턱이는 금성문의 말이 빈말이 아님을 느끼고 마른침을 삼켰다.

그때, 벽면이 조용히 움직였다.

"저 녀석이 내 아들이오, 무 소협. 인사해라, 성문아. 무 소협이시다."

벽면이 열리고 모습을 드러낸 사람은 금율과 무백이었다.

第七章
백 년 의 세 월 을 읽 다

　“아, 아버님, 도대체 무슨 일을…….”

　금성문은 금율의 말이 귀에 들어오지 않았다.

　금율의 머리칼은 아무렇게나 흩어져 있었고 의복은 멀쩡한 곳을 찾기 힘들 정도로 찢긴 상태였다.

　“난 괜찮다. 너희가 볼 땐 이상하겠지만 아주 좋은 경험을 했단다.”

　금율은 편안한 눈으로 금성문을 향해 웃기까지 했다.

　그 사이, 턱이가 쪼르르 달려가 무백에게 안겼다.

　“아저씨, 무사해서 다행이에요. 별일 없는 거죠?”

"그럼. 금 대인과 잠깐 얘기만 나눈 것뿐이다."

"얘, 얘기요?"

"그래."

"무슨 얘기를 그렇게 요란하게 나눈대요?"

턱이의 반문에 무백이 소리 내어 웃었다.

모두가 웃고 있을 때 한 사람만은 그렇지 못했다.

'장주님께서 달라지셨다.'

약령은 석실에서 나오는 금율의 헝클어진 모습을 보고 낭패를 당한 것이라 여겼으나, 자세히 보니 금율의 몸 어디에도 상처 하나 보이지 않았다.

금율의 웃음엔 조금의 가식도 없었다.

약령이 달라졌다고 여긴 부분은 거기에 있었다.

금율이 이전과 달리 온화해졌다?

느낌이 그랬다.

'전각을 뒤흔들던 소리는 장주님 혼자서 낼 수 있는 것이 아니다. 저 사람과 싸운 것은 틀림없는데, 어째서 저자는 옷자락 하나 상한 흔적이 없지?

약령은 신기한 눈으로 무백을 쳐다봤다.

첫 만남부터 예사롭지 않은 느낌을 받은 사람이라 더욱 의구심이 솟구쳤다. 마침 무백이 약령과 금성문을 향해 포권을 취하고 있었다.

"반갑습니다, 두 분."

약령은 잠깐 무백과 눈이 마주쳤다.

'흡!'

약령은 헛바람을 삼켰다. 무백의 시선이 약령의 머리끝부터 발끝까지 훑고 지나갔다. 그럴 것이라는 추측이 아니라 분명 그랬다.

몸이 그렇게 알려주고 있었다.

약령으로서는 태어나 지금까지 한 번도 경험하지 못한 느낌이었다.

"…금성문이오. 아버님 말씀대로 아무 일도 아니었으면 좋겠소."

금성문이 무백을 사납게 노려봤다.

자신의 감정에 솔직한 금성문의 눈빛을 무백은 웃으며 가볍게 흘렸다.

"약령입니다."

약령은 무백이 금성문에게 해코지라도 할까 봐 나섰다. 금성문의 성격을 잘 아는 약령이기에 무백이 한마디도 하지 않기를 바랐다.

"어색하겠지. 내가 이런 몰골로 나왔으니 성문이가 저러는 것이오, 무 소협."

"솔직하다는 건 좋은 겁니다."

“오! 그렇소?”

“금 대인께서 직접 경험해 보셨잖습니까. 좋은 겁니다.”

“하하하. 내가 자식을 잘 가르쳤다는 말로 들어도 괜찮겠소?”

“그 말씀을 드린 겁니다.”

무백의 대답에 금율은 다시 한 번 호탕한 웃음을 터트렸다.

무백과 금율의 대화를 지켜보는 금성문의 표정이 좋지 않았다. 아들보다 어린 청년을 오랜 친구라도 되는 양 대하는 아버지를 이해하기 힘든 까닭이다.

“성문아, 무 소협은 당분간 금가장에서 지낼 예정이니 령이와 함께 각별히 신경 쓰도록 해라.”

“예?”

금성문은 황당한 표정으로 금율을 쳐다봤다.

“일단 귀빈실로 모시거라. 웬만하면 내가 직접 안내하고 싶다만 이런 몰골로 나갔다가는 곤란할 것 같구나.”

금율은 금성문의 황당한 심정 따윈 조금도 배려해 줄 마음이 없어 보였다.

“이곳은 보다시피 서고요. 금가장이 세워진 이후의 책은 물론 그 이전의 웬만한 책은 모두 구해놓았다 하오.”

금서각(金書閣)이라 현판이 붙은 곳 앞에 무백이 멈춰 서며 유심히 주위를 살펴봤다.

그 모습을 본 금성문은 귀찮아하지 않고 자세한 설명을 해 주었다.

"그렇군요. 규모가 대단합니다. 헌데, 금가장이 세워진 지 얼마나 됐습니까?"

무백은 금서각을 보는 순간 마음에 쏙 들었다.

백 년의 세월을 가로지르기 위해선 충분한 정보가 필요한데 눈앞의 금서각은 무백이 필요한 정보를 주기에 모자람이 없어 보였기 때문이다.

대충 봐도 수십 장의 길이와 십 장은 족히 될 것 같은 넓이가 무려 삼 층이나 됐다.

"몇 백 년은 됐을 거요."

"몇 백 년. 유서가 깊은 곳이군요."

무백은 흡족한 표정으로 금서각을 둘러봤다.

'어떻게 저럴 수 있지? 저 나이에 학문까지 겸비했다고?'

금성문과 함께 움직이던 약령은 무백의 반응을 지켜보다 미간을 찌푸렸다. 무백의 나이는 이십 대 초반이다. 아무리 뛰어난 자질을 지녔다고 해도 무공과 학문을 병행할 수는 없는 것이다.

"안을 한번 둘러봐도 괜찮을까요?"

무백은 금성문을 돌아봤다.

“안될 게 뭐가 있겠소.”

금성문이 금서각의 문지기에게 문을 열라고 하자 이내 책 냄새가 확 끼쳐 왔다.

무백은 습습한 책 냄새를 맡자 활짝 웃었다.

굳이 안으로 들어가지 않아도 어느 정도의 양이 있을지 느껴진 것이다.

“됐습니다.”

무백이 입구에서 돌아서자 금성문은 인상을 찌푸렸다. 안이 보고 싶다고 해서 열어 주었더니 돌아가겠다는 변덕은 뭐란 말인가?

“이왕 온 김에 더 둘러보는 게 어떻소?”

“어차피 다시 와야 합니다.”

“……?”

금성문은 무백의 말을 이해하지 못했다.

다시 와보고 싶다가 아니라 다시 와야 한다?

“금 대인께 좋은 곳을 발견했다고 알려 드려야겠네요.”

“이보시오, 무 소협. 아버님은 그리 한가한 분이 아니시오. 아버님과 무슨 일이 있었는지 모르지만 적당히 얻을 것 얻고 가시오.”

금성문은 약령에게 들어서 무백이 왜 금가장에 왔는지 알고 있었다.

“턱아, 어떠냐?”

“뭐가요?”

턱이는 무백이 무슨 뜻으로 묻는지 몰라 고개를 갸웃거렸다.

“지내기에 이곳이 어떠냐고.”

“……?”

턱이는 의아한 표정으로 고개를 다시 한 번 갸웃거린 후 금서각 안으로 고개를 들이밀며 쳐다봤다.

“어떠냐?”

“냄새가 지독하고 먹을 것도 없는데요?”

“너도 좋아할 줄 알았다.”

“예? 아저씨, 그게 어떻게 그 말이 돼요?”

“그럼 앞으로 우린 이곳에서 지내자.”

“자, 잠깐만요. 우리가 갈 곳은 귀빈실이라고요.”

턱이가 황당하다는 듯 알지도 못하는 귀빈실을 가리키며 소리쳤다.

금가장 같은 곳의 귀빈실이라면 고급스런 음식과 편안한 잠자리가 보장된 곳인데 무백은 지금 그것을 거부할 거라 말하고 있는 것이다.

“소장주님, 금서각 안에 저와 턱이가 지낼 만한 곳이 있을까요?”

“…….”

금성문은 무백의 질문에 대답할 생각도 하지 못했다.

금가장의 귀빈실은 강호명숙들도 아무나 묵을 수 없는 곳으로 유명한 장소였다. 그런 곳을 지금 무백은 아무렇지도 않게 거부하고 있는 것이다.

“진심이오?”

“물론입니다. 저는 이곳이 너무도 마음에 듭니다.”

무백의 대답에 금성문은 이해할 수 없는 사람이란 듯 고개를 가로저었다.

“아마 있을 겁니다. 서고를 정리하기 위해 일 년에 며칠씩 머무는 곳이 있는데… 무 소협, 다시 한 번 생각해 보는 게 어떻소? 일단 귀빈실을 보기나 하고 결정합시다.”

금성문은 무백이 마음에 들지 않았지만 그렇다고 헛간 같은 서고 한쪽에서 지내게 할 수는 없었다.

“어차피 자고 일어나면 이곳으로 와야 할 텐데 굳이 숙소를 따로 정할 필요는 없습니다. 그리고 턱이에게 낮 동안 할 일을 좀 주시면 감사하겠습니다.”

“예? 제가 왜 금가장 좋은 일을 해요?”

“편한 일이 싫은가 보구나. 되도록 궂은일이면 좋겠다고 하네요.”

턱이는 다시 뭐라고 대꾸하려다 이내 입을 다물었다.

하룻밤에 뒷골목을 종결시킨 뒤로 무백은 턱이에게 있어 영웅이었다.

조양루에서 천양으로 떠나던 날 새벽, 무백을 향해 허리를 접던 흑광의 모습을 보며 턱이는 마음속으로 결정했다. 절대 무백의 곁에서 떨어지지 않겠다고.

귀빈실에서 지내지 못하게 된 것은 아쉽지만 영웅의 곁에 붙어 있을 수 있으면 지금은 충분했다.

"꼬맹이, 넌 괜찮아?"

금성문은 다시 한 번 기회를 주기 위해 턱이를 찔러봤다.

"그럼 어떡해요? 아저씨가 그렇게 하라는데."

턱이는 어깨를 으쓱하곤 말았다.

금성문은 이 웃기는 두 종자와 더 얘기를 나누다가는 머리가 어떻게 될 것 같아 약령과 함께 금서각을 나왔다.

"뭐 저런 자가 다 있지?"

금성문은 어처구니가 없다는 표정으로 약령을 쳐다봤다.

"평범한 사람은 아닌 게 분명하네요."

"아버님께 꾸중 듣게 생겼군."

"그렇지 않을 겁니다, 공자님. 장주님께선 아마 웃기만 하실 것 같네요."

"그럴 리가 없지. 보고는 내가 드릴 테니 약령은 돌아가서 쉬어. 고생했어."

“…….”

약령은 금성문의 말을 들었음에도 움직일 생각을 하지 않았다.

“하하하. 같이 가준다면 나야 좋지.”

금성문은 기다리고 있었다는 듯 활짝 웃으며 장난스러운 표정을 지었다.

약령은 보일 듯 말듯 미소를 지으며 금성문의 한 발 뒤에서 따라 걸었다.

“무 소협이 금서각에 자리를 내달라고 했다고?”

금율은 금성문의 말에 흥미로운 표정을 지었다.

무백은 천군보의에 미륵삼불해의 심상까지 전해주었다. 귀빈실은 그저 조그만 보답에 불과한 것인데 금서각에 자리를 잡았다고 한다.

“제가 아무리 말을 해도 싫답니다.”

금성문은 자신의 잘못이 아님을 어떻게든 피력하고 싶어 했다.

“어쩔 수 없지 않느냐. 알았다. 당분간은 무 소협이 방해받지 않도록 금서각 출입은 금해라. 모두에게 그리 이르고.”

“예? 예.”

“금서각이라. 책에도 조예가 깊은가?”

금율은 낮게 웃으며 깜깜한 창밖으로 시선을 돌렸다.

다른 곳도 아니고 금서각이란 것이 흥미로웠던 것이다.

"아버님, 한 가지 여쭤봐도 되겠습니까?"

"지하석실에 관한 얘기냐?"

금율은 금성문이 무엇을 궁금해하는지 잘 알고 있었다. 한 번도 출입하지 못한 공간에 대한 호기심은 금율 역시 마찬가지였기 때문이다.

"예. 거기서 무 소협과 무슨 일이 있었습니까?"

"큰 도움을 받았다."

"예? 도움이라니요? 무 소협에게 아버님이 도움을 받으셨다는 말씀이십니까?"

"그래. 아주 큰 도움이지. 알고 보니 무 소협은 우리 집안과 가까운 사람이더구나."

"우리 집안과? 무 소협이 제가 모르는 친척이라도 된다는 건가요, 아버님?"

"그건 아니지만, 오히려 더 가까울 수도 있다. 무 소협과는 아주 오래전부터 인연이 닿아 있었다. 그걸 몰랐던 게지."

"……?"

금성문은 금율이 무슨 말을 하는지 하나도 알아들을 수가 없었다.

"지금은 네가 몰라도 된다. 때가 되면 모두 말해줄 테니 그

때까지 수련에 더욱 박차를 가해야 한다. 그리고 내일부터는 천군상을 살필 것 없으니 이곳으로 오너라.”

“이곳이요?”

지금까지 수련은 혼자서 해야 자기 것으로 만들 수 있다며 조언조차 해주지 않던 금율이 함께 수련을 하자?

금성문은 어리둥절한 눈으로 금율을 쳐다봤다.

지하석실에서 나온 뒤로 금율은 완전히 다른 사람이 된 것 같았다.

“여기 말이다. 내 집무실.”

“…예?”

“내일부터는 이 애비와 함께 수련한다. 모든 수련을 비무로 진행할 것이니 각오 단단히 하고.”

“아…….”

금성문은 꿈을 꾼다고 생각했다.

이런 감격스러운 순간이 다가올 줄은 꿈에도 생각 못한 까닭이다.

*　　　*　　　*

팍. 팍.

가을은 수확의 계절이다.

　겨우내 땅을 갈아엎고 날씨가 풀려 씨를 심으니 선선한 가을에 곡식들을 수확할 수 있게 됐다.
　촌로는 허리를 펴며 기분 좋게 흘린 땀을 닦았다.
　그런 그의 좁은 챙의 갓에 새 한 마리가 앉았다.
　촌로는 익숙한 행동으로 새를 잡았고 다리에서 돌돌 말린 쪽지를 꺼냈다.
　"이번엔 두 장이군."

　난주 하서회랑 근처의 태양문을 군림회에서 눈독들이고 있음.
　천양 금가장에서 집무실 전각이 흔들릴 정도의 소란이 있었음.

　촌로의 손은 마디가 굵고 검었다.
　전형적인 농사꾼의 손이었다.
　볕을 가리는 용도의 챙 좁은 갓을 들자 주름 가득한 얼굴이 드러났다.
　"그동안 잘도 해왔는데 버리긴 아깝군."
　촌로는 수확하던 곡물들 뒤로 낫을 내던지곤 미련 없이 밭을 나왔다.
　쪽지 두 장이 한꺼번에 온 적은 근 십 년 내 없었다.
　촌로의 임무는 난주에 한정되어 있는데 천양의 일까지 날아온 걸 보면 연계해서 임무를 수행하라는 뜻이었다.

촌로는 모옥으로 들어가 회의무복을 입고 나온 뒤 몸을 매만져 보았다.

몸 곳곳에 오돌토돌한 돌기가 느껴진다.

잠력격발을 위해 아주 오래전 살갗 안에 넣어둔 침이었다.

"이번이 마지막 임무가 되려나."

몸에 이상이 없는 것을 확인했으니 떠나면 된다. 십수 년을 농사꾼으로 지내다 무인이 되려니 어색하기도 하다.

"이 나이까지 살아 있는 진벽군(眞霹軍)은 나밖엔 없겠지? 마지막으로 불사르자. 그때 그 사자(使者) 놈은 아니겠지? 나보다 오래 살 거라고 했는데 말이지."

촌로는 허허로운 웃음을 짓고는 걸음을 서둘렀다.

와룡문 소속이지만 외부엔 전혀 알려지지 않은 비밀 조직이 진벽군이다. 그 수가 얼마나 되는지 어디서 양성되는지는 진벽군 자신들도 알지 못한다.

진벽군이 된 자가 해야 할 일은 간단하다.

명령이 내려오면 그 명령에 따라 죽이면 된다.

그 간단한 명령을 촌로는 육십 년째 이어가고 있었다. 굳이 잠력을 격발할 필요가 없는 일이 운 좋게 몇십 년 동안 이어져 왔기 때문이다.

그러나 오늘은 유난히 볕이 좋았다.

사람은 누구나 죽을 때가 되면 안다고 했던가?

촌로에게 이번 임무가 바로 그랬다.

촌로와 똑같은 내용의 쪽지를 받은 사람은 둘이 더 있었다.

전서구가 날아간 곳은, 천군상 근방의 작은 주루에서 일하는 점소이의 어깨와 금가장에서 물품을 부리는 하인의 숙소 창문이다.

두 사람도 촌로와 별반 반응이 다르지 않았다.

쪽지를 받자마자 움직였다.

점소이는 마른 수건을 털며 주방 옆 새우잠 자던 쪽방으로 들어갔다가 간단히 짐을 챙겨 나왔다.

금가장 하인 역시 점소이와 별반 다르지 않게 행동했다. 숙소에 들어가 짐을 챙겨 나온 후 곧장 어딘가로 신법을 펼쳐 움직인 것이다.

세 진벽군이 모인 곳은 금가장에서 이리(二里)쯤 떨어진 곳의 버려진 폐가였다.

각 진벽군에게 날렸던 전서구들이 일제히 그곳으로 날아들었다.

명령을 받고 떠나면 그 즉시 전서구가 길 안내를 하듯이 날린 곳으로 돌아오기 때문이다.

전서구 세 마리가 폐가로 들어와 한 인영의 어깨에 내려앉

왔다.

전신을 회색 천으로 감싼 사내였다.

타닥—

그는 꺼져 가던 숯을 뒤적여 다시 살렸다.

허옇게 타버린 재가 한쪽에 수북했다.

며칠은 이곳에 있었던 모양이다.

불꽃을 살리는 데 집중하던 사내의 고개가 들렸다.

"왔군."

규칙적인 발자국 소리가 폐가를 향해 다가왔다.

모두 셋.

촌로와 점소이, 금가장의 하인이었다.

"흘. 오랜만에 사자를 보는군."

촌로가 들어서며 사내에게 한마디 툭 던졌다.

"그런가?"

"너는 그전 사자가 아닌 모양이군. 내가 이겼어. 나보다 더 오래 살 거라고 호언장담을 했거든. 흘흘."

촌로는 아무렇지도 않게 말한 후 사자라 부른 사내의 옆으로 가 앉았다.

"진일, 진이, 진삼."

촌로, 점소이, 하인.

폐가로 들어선 순서대로 가리킨 사자는 세 사람이 모닥불에 앉자 불꽃을 뒤집었다.

"이번 일은 한 명을 죽이면 끝난다. 금가장주 금율. 안내는 진삼이 해줄 것이다."

사자의 시선을 받은 진삼이 간단히 고개를 끄덕였다.

"금가장? 장원인가? 그 정도면 나 혼자서도 가능하겠는데?"

진일이 사자를 비웃으며 모닥불 옆에 앉았다.

"진일, 진벽군 초기 인원 중 유일하게 살아 있는 자. 우리 사자들 사이에선 꽤나 유명하지. 쉬운 일만 맡은 것도 아닌데 말이야. 혹시 잠력격발 하는 법을 잊은 건 아니겠지?"

"흘흘. 잊을 리가. 격발이 필요 없는 자들만 골라서 준 탓에 살아 있는 게지."

"역시 분광검(分光劍)답군. 진벽군이 돼서도 수련을 거르지 않았다고?"

"아주 오랜만에 들어보는 별호로군. 흘흘."

진일은 별호를 부정하지 않았다.

분광검 구세.

등장 시기는 일정하지 않지만 그가 한 번 나타나면 반드시 누군가가 죽는 걸로 유명했다.

"진벽군의 살아 있는 역사도 만나보고, 오늘은 운이 좋군."

사자는 진벽군에 대해 꽤 소상히 아는 것 같았다.

　어딘지 모르게 진일이 만났던 사자들과는 다른 분위기를 풍기는 자였다.

　"이전 사자는 자네에 비하면 햇병아리 같군. 이번 일, 그만큼 중요한 일인가?"

　"중요? 그럴 수도 있고. 쪽지를 봐서 알겠지만 태양문과 금가장에서 수상한 움직임이 포착됐다. 위쪽에선 태양문은 신경 끄고 금가장주만 죽이라고 하신다. 내려온 명령은 거기까지. 이해됐나?"

　"역시 달라. 자세한 설명을 들으니 괜히 긴장되는데? 흘흘."

　진일의 표정이 굳어졌다.

　지금까지 진벽군으로 일을 맡으며 자세한 설명을 듣긴 처음이었다.

　사자는 더 이상 입을 열지 않았다.

　'진벽군 셋을 보내라는 명령이 내려왔을 때 나도 놀랐다. 금가장에 무슨 일이 일어나고 있는지 내가 직접 가보고 싶을 정도로.'

　사자는 진벽군 셋을 움직일 바에야 자신이 처리하겠다고 보고를 올렸다. 허나 상부에선 그의 의견을 무시하고 명령대로 하라고 했다.

　"흘흘흘."

진일은 웃으며 소매에서 무언가 꺼내 불꽃 안에 던졌다.

진이와 진삼은 놀라 뒤로 물러선 반면, 사자는 조금의 동요도 없이 모닥불을 뒤적였다.

"감자인 걸 봤나? 내가 키운 거라 실해. 흘흘."

진일은 웃으며 사자를 쳐다봤다.

이전의 사자들이 책상에 앉아 붓을 드는 자들 같았다면 눈앞의 사자는 아주 잘 벼려진 칼날과 같았다.

무인으로서의 본능이 그렇게 알려주고 있었다.

'이번 일이 정말로 내 마지막 임무가 되는 거 아냐?'

진일은 웃었다. 아직은 젊은 피를 가진 두 진벽군에게 다음 기회를 주는 것도 나쁘지 않았다.

*　　*　　*

무백은 금서각에 들어가 십오 일 동안 두문불출하고 책만 읽었다.

"다녀왔습니다. 에고, 죽겠다."

턱이가 금서각으로 들어서며 죽는 소리를 했지만 여전히 무백은 책만 읽었다. 처음엔 뭘 저렇게 읽는지 궁금해 말도 시켜보고 옆에서 조잘대 보기도 해봤지만 무백은 요지부동이었다.

　그런 턱이가 불쌍해 보였는지 무백은 일을 다녀와서 무조건 하루에 있었던 일과를 말하라고 시켰다.

　"오늘은 하남성에서 들어온 물품을 분류하는 일을 했어요. 도대체 여기선 취급하지 않는 물건이 없어요. 다해요, 다해. 가죽이면 가죽, 소금이면 소금. 각 지역마다 없는 물건이 뭔지 귀신같이 알아내서 몇 배나 높게 남긴다구요."

　하루를 말한다는 게 어떤 건지 몰랐던 첫날은 중구난방으로 떠들었으나, 이젠 한 일과 그 일을 왜 해야 하는지를 이해하고 있었다.

　"잘했다. 오늘은 천자문을 한 번만 쓰고 자거라."

　"그건 맨날 하는 거잖아요."

　"그럼 다른 것도 쓰게 할까?"

　"킁."

　턱이는 콧구멍을 크게 벌려 숨을 한꺼번에 내쉰 후 먼저 방으로 들어갔다.

　"영리한 녀석."

　무백은 시선을 책에 고정시킨 채로 툭 한마디 던졌다. 그냥 저절로 나온 말이었다. 턱이를 보면 영리하다는 것이 어떤 건지 알게 된다.

　투덜대는 것도 말을 해야 고쳐 줄 수 있다는 무백의 말에 일부러 옆에서 하는 행동이었다.

'아직도 읽을 건 많지만 어느 정도 강호에 대해 알게 됐다. 진마궁과 영웅맹에 대한 내용은 찾지 못했지만 금 대인께서 알아본다고 했으니 이제 난주로 되돌아갈 때가 왔다.'

턱이에게 일을 시키는 이유 중 하나가 무백이 언제 길을 나설지 모르기 때문이다.

금 대인을 만나게 된 것은 무백으로선 천만다행인 일이 아닐 수 없었다.

무백이 책을 덮었다.

현 강호는 이미 들어서 알고 있던 군림회와 와룡문이란 곳이 세를 양립하고 있었다.

태양문에서 봤던 일을 떠올리면 군림회는 분명 절대악이 맞다. 하지만 책에는 와룡문이 한 행동이 적혀 있었다. 군림회를 지지하는 문파를 찾아가 군림회 못지않은 방식으로 멸문시켰다는 내용이었다.

백 년 전의 진마궁은 패도적이며 약육강식의 논리만이 지배적이던 집단이었다. 그에 반해 영웅맹은 도불선(道佛仙)의 정신에 기초하여 살생을 금하고 평화를 추구했다.

'예전보다 나아진 것일까?'

강호에서 살아가는 이상 강호인으로서 옳은 길을 택할 책임이 있다. 그 책임을 다하기 위해 무백은 아홉 의형들과 함께 진마궁주와의 일전을 불사했다.

의기만으로 사파의 하늘을 베려 한 것이다.

이상한 것은, 백 년 내 쓰여진 강호사였다.

영웅맹의 활약으로 진마궁이 사라졌다는 글만 한 줄 남아 있을 뿐 무백과 아홉 의형들에 대한 얘기는 아예 적혀 있지도 않았다.

누구에게 보여주기 위해 걸은 길이 아니지만 이상함을 떨칠 수는 없었다. 무백과 아홉 의형의 이름이 없어서가 아니라, 누군가 의도적으로 무백 등의 이름을 가린 것 같은 생각이 들었기 때문이다.

"고로롱……."

금서각 안쪽에서 코고는 소리가 들렸다.

턱이가 피곤했던 모양이다.

무백은 자리에서 일어나 방으로 갔다.

턱이는 앞으로도 모를 테지만, 지난 십오 일 동안 무백은 턱이의 몸을 완전히 바꾸어 놓았다. 앞으로 어떤 무공을 익히든 턱이는 대성할 수 있을 것이다.

충분한 기초는 그래서 필요하다. 무공의 이해는 머리로 하는 것이 아니라 피땀 흘려가며 노력한 수련이 몸에 새겨지는 것이니 말이다.

'또래에 비해 손마디가 굵고 크다. 권을 익히면 좋겠지만…….'

무백은 턱이의 잠든 얼굴을 보다 피식, 웃었다.

잠시 턱이에게서 강대기의 모습을 본 것 같은 착각이 들었다. 정이 드니 그런 생각까지 하게 된 모양이다.

강유유와 강청.

무백은 손이 끊어지지 않게만 해달라는 강대기의 유언을 떠올렸다.

가슴이 답답했다.

당장 난주를 이 잡듯이 뒤져 강대기의 후손을 찾고 싶은 마음은 굴뚝과 같지만, 그러기 위해선 백 년의 세월이 어떻게 흘렀는지 알아야 한다.

'한 가지는 알아냈다. 하서회랑 근방에는 새로 생긴 문파가 없다는 것.'

태양문으로 다시 가야 한다.

전에는 경황이 없어 자세한 조사조차 하지 못했지만 이번에는 강대기의 후손에 대한 정보를 찾을 자신이 있었다.

탁.

책을 덮은 무백은 아주 오랜만에 자리에서 일어나 밖으로 나갔다.

교교한 달빛과 푸르스름한 어둠이 아름답게 피어나 있었다. 무백은 금서각 지붕 위로 올라가 주위를 둘러보았다.

끝이 보이지 않는 정렬된 지붕들이 즐비하게 늘어서 있는 광경이 눈에 들어왔다.

안에서 볼 땐 금서각 자체가 엄청난 규모였으나 위에서 보니 금서각은 금가장을 이루고 있는 전각 중 하나에 불과했다.

'그러고 보니 담 형님의 석상을 완성시켜 달라는 부탁을 들어드리지 못했구나.'

무백은 얼굴 없는 천군상을 떠올렸다.

담문이 보는 순간 자신이 무슨 말을 하는지 알 것이라고 했던 말이 기억났다. 아마도 무백을 조각하고 싶었던 모양이다.

'형님 말씀대롭니다. 석상을 보니 알겠더군요. 어떤 얼굴이 새겨져야 할지.'

무백의 입가에 웃음이 번졌다.

무백은 주위를 둘러보다 곧장 신법을 펼쳐 금서각 뒤쪽의 담 위에 내려선 뒤 떨어져 내렸다.

수십 장 높이의 절벽이었으나 무백에게 그 정도 높이는 위험과 아무 상관없었다.

천군상 앞에 내려선 무백은 공터를 살폈다.

인시(寅時)가 다 된 시각이라 올라오는 사람의 기척은 느껴지지 않았다. 지금부터 할 일은 누구도 알아선 안 되는 일이었다. 아니, 누가 했는지 몰라야 한다는 말이 옳았다.

쉭—

무백의 신형이 단번에 천군상 얼굴까지 솟구쳤다.

천군상 얼굴의 높이는 무백의 키보다 머리 하나쯤 더 크고, 넓이는 양손을 벌렸을 때 양쪽 모두 팔뚝 하나쯤 더 넓었다.

대충 석상의 얼굴을 잰 무백은 숲을 향해 손을 뻗었다. 추백(秋柏)가지 중 하나가 저절로 부러지며 무백의 손으로 빨려 들어갔다.

추백가지의 길이는 무백의 팔 정도였다.

휙— 휙—

몇 번 휘둘러 곁가지를 고르자 이내 매끈한 회초리가 됐다.

두상의 크기는 알았고 그릴 붓도 마련됐으니 담문의 얼굴을 떠올려 새기기만 하면 그만이었다.

눈썹 끝이 하얗게 세고 갸름한 얼굴에 입가의 주름.

담문의 특징은 어렵지 않게 떠올릴 수 있었다.

이제 저 석상에 새겨 넣으면 된다.

회초리를 은은한 빛이 감쌌다.

담문의 얼굴을 미륵삼불해로 새겨 넣는다.

무백으로서 이보다 담문을 기릴 수 있는 것이 무엇이겠는가?

발가락 끝에 힘을 주어 떠올랐다가 천군상의 얼굴 부분에 이르자 무백은 회초리를 휘둘렀다.

티디딕—

가벼운 음향이 새벽의 고요를 흔들었다.

허공에서 무백이 춤을 춘다.

무무일승식을 펼쳐 천군상의 얼굴에 선을 긋고 또 그어 돌가루를 바닥으로 떨어뜨렸다.

무백의 신형은 여전히 허공에 머물러 있는데 이것은 회초리가 석상에 닿을 때마다 적당한 힘으로 신형을 띄우기 때문에 가능했다.

한동안 석상의 얼굴에다 무무일승식을 펼쳐 돌가루를 날리던 무백의 신형이 바닥으로 내려왔다.

"됐다."

무백은 만족스러운 웃음을 지었다.

달빛에 비친 천군상은 여전히 무면(無面)이었으나 무백은 들고 있던 회초리를 천군상 공터 가장자리로 가 바닥에 꽂았다.

화폭을 완성한 화공이 붓을 놓듯 무척 자연스러운 행동이었다.

돌아선 무백의 신형이 새벽 허공을 솟구쳤다.

티디딕—

무백이 떠난 뒤, 손톱보다 작은 돌가루가 천군상의 몸통을 굴러 바닥으로 떨어졌다.

＊　　＊　　＊

아침이 밝았다.

금가장은 일찍부터 사람들의 움직임으로 분주한 상태였다.

창고에 쌓여 있던 물건을 마차와 수레를 싣는 인부들과, 일찍 일어나느라 아침을 걸렀다며 큼지막한 만두를 한 입 베어 문 마부들.

소란스런 광경을 가르며 인영 하나가 빠르게 내달리고 있었다.

"어이, 어디 가?"

아는 사람들의 질문에도 인영은 문을 열고 사라졌다.

인영이 멈춰 선 곳은 금율의 집무실 앞이다.

"장주님! 크, 큰일이 벌어졌습니다!"

인영은 그 어느 때보다 커다란 목소리로 고래고래 소리를 질렀다.

"인석아, 무슨 일인데 꼭두새벽부터 난리야!"

금율 대신 상 총관이 상투 튼 관모를 매만지며 밖으로 나왔다.

"총관님, 어서, 장주님을… 어서요!"

상 총관은 하인의 표정이 제법 심각해 보이자 알았다며 금율의 집무실을 두드렸다.

잠시 후, 금율이 밖으로 나왔다.

여간해선 하인들을 밖에서 만나는 일이 없던 금율도 예감이 이상했던 모양이다.

"누구냐?"

금율은 수염을 쓰다듬으며 하인을 살폈다.

"마구간 오물을 나르는 득구이옵니다."

"그래, 득구. 무슨 일 때문에 왔느냐?"

"처, 천군상이… 천군상이…….."

"천군상이 어쨌다고?"

"어, 얼굴이 생겼습니다."

"얼굴?"

"천군상에 얼굴이 생겼습니다."

"……?"

금율은 득구가 하는 말을 이해할 수 없어 미간을 찡그린 채 설명이 이어지길 기다렸다.

"한 삼사십 명은 된 것 같습니다. 천군상에 예를 올리고 향을 피우려는데 갑자기 돌들이 떨어져 내리는 게 아니겠습니까?"

"돌?"

"위를 올려다보니 세상에… 천군께서 저희를 내려다보고

계시지 뭡니까요?"

"……."

금율은 숨을 깊이 들이마신 뒤 상 총관을 돌아봤다.

무슨 말인지 알아듣겠느냐는 뜻이었다.

"욘석아, 좀 더 쉽게 말해봐. 그러니까, 천군상에 얼굴이 나타났다?"

"예!"

'얼굴이?

금율의 시선이 득구의 눈을 직시했다.

겁먹은 눈이 아니었다.

저 눈엔 경외심이 담겨 있었다.

무슨 일인지 가봐야 할 것 같았다.

"상 총관, 자네의 재량으로 일을 처리하고 있게. 누가 가서 성문이와 령이를 불러 오너라."

금율은 뒷짐을 지고 천군벽이 있는 방향으로 시선을 던졌다.

'궁에서 손님이 오시는 날 이런 일이 있다니. 이걸 어찌 해석해야 하나.'

부인이었던 선옥인의 사문인 빙궁에서 약령을 보러 오겠다고 전해왔다. 선옥인의 제자는 곧 빙궁의 제자이니 궁의 법도를 알려주어야 한다는 것이다.

금율로선 빙궁의 고수들이 반가울 리 없었다.

선옥인이 죽게 된 이유는 월령소수를 익혔기 때문이다. 그것만 아니었어도 선옥인은 죽지 않았을 것이다.

그러나 빙궁의 생각은 달랐다.

선옥인의 죽음은 금율의 탓이라고, 사랑만 하지 않았어도 죽지 않았을 거라 여기는 것이다.

'그 어느 때보다 힘든 하루가 될 것 같구나.'

금율은 금성문과 약령이 올 때까지 기다렸다 채비를 차려 금가장을 나섰다.

천군상 앞 공터엔 이미 사람들로 빼곡히 들어찼다.

무면이었던 천군상에 얼굴이 나타났다.

이것은 괴사(怪事)이면서 기사(奇事)였다.

군중들은 누구나 할 것 없이 자신들이 보는 그대로를 떠들어댔다.

"세상에… 천군께서 저런 얼굴이셨구만. 얼굴이 없을 때는 가끔 무섭고 그랬는데 이젠 그런 걱정할 필요가 없겠네."

"자네도 그런 생각했어? 나도 그랬잖아. 밤엔 이 근처에 얼씬도 못했다고. 우리 마누라가 그것 땜시 얼마나 놀렸다고."

"조용히 해봐. 저기 금 대인께서 올라오시네."

웅성거리던 소리가 잦아들었다.

금율은 계단을 오르며 천군상의 얼굴을 먼저 봤다.

긴 눈썹과 그리 크지 않은 눈, 적당한 코, 그리고 꾹 다문 입.

처음 보는 얼굴인데 그리 낯설지 않았다.

서서히 수십 년을 관찰한 천군상의 몸통이 보였다.

낯설지 않은 얼굴과 아주 잘 아는 몸통.

조금도 어색하지 않았다.

오히려 신비감은 이전의 무면일 때보다 훨씬 강했다.

"얼마 전까지는 아무 일 없다가 아버님과 수련을 시작한 지 얼마 되지 않아 이런 일이 벌어지다니. 이 무슨 조화지?"

금성문은 어이없는 표정으로 이마를 손가락으로 긁었다.

이십 년을 이곳에서 수련해 오다 수련장을 금율의 지하석실로 바꾸고 나자마자 벌어진 일이기 때문이다.

"장주님, 원래부터 있던 얼굴일까요, 아니면 누군가가……."

약령이 금율에게 다가가 조용히 물었다.

그녀 역시 이십 년 동안 천군상을 지켜봐 왔다.

원래부터 얼굴이 있었다면 몰랐을 리 없을 것이다.

"글쎄다. 천군상 위쪽으로 올라가 본 사람이 없어 뭐라 말하기 곤란하구나."

천군상이 이곳에 생긴 뒤 사람들은 신성시하기 바빠 감히 만져 보거나 조사할 생각 따윈 할 수조차 없었다.

'저 높은 곳에 있는 천군상의 얼굴이 다 새겨질 때까지 아무도 몰랐다? 매일 새벽, 사람들이 올라오는 이곳에서?'

금율은 이내 결론을 내렸다.

아무 말도 해놓지 않으면 사람들의 오해는 점점 깊어질 텐데 그렇게 되면 금율에게도 좋을 건 없었다.

"백 년이 지나 얼굴을 볼 수 있게 하다니 저 천군상을 조각하신 분의 신기에 다시 한 번 감탄할 수밖에 없구나."

사람들이 듣도록 일부러 목소리에 내공을 실었다.

금율은 담문이 무공고수, 그것도 상당한 경지에 오른 고수임을 잘 알고 있었다.

'어쩌면 저 얼굴이 외조부님의 얼굴일지도 모르겠다.'

그냥 든 생각이었다.

그때 한 사람의 얼굴이 떠올랐다.

담문의 무공이 미륵삼불해란 것을 알려주고 시범까지 보여주었던 신비한 청년의 얼굴이.

'무 소협이라면 가능하지 않을까?'

금율은 무백이 몇 번이고 허공에 떠올라 도를 휘두르는 모습을 상상해 봤다.

가능할 수도 있었으나 무백이 어떻게 담문의 얼굴을 알고 새긴단 말인가? 말이 되질 않았다.

무백을 만나기 전이었다면 천군도결이 훼손됐을지도 모른다는 생각에 철저히 조사를 했을지도 몰랐다.

외조부의 무공이 천군도결이 아니라 미륵삼불해란 것을 안 순간, 천군상은 이제 금율에게 외조부가 남겨주신 보물일 뿐인 것이다.

사람은 간사한 동물이다.

금율은 그것을 부정하지 않았다.

더구나 이곳에서 더 이상 시간을 지체할 수도 없었다. 행동 하나에도 조심스럽게 대해야 할 분들이 곧 방문 예정이기 때문이다.

第八章
선하연

"금가장에 대해 알고 싶은데, 관련된 책 좀 찾아 주시겠어요?"

무백은 갑자기 들려온 목소리에 깜짝 놀라 뒤를 돌아봤다.

나이는 십팔구 세 정도에 투명하다는 표현이 모자랄 만큼 깨끗한 피부를 가진 여인이 서고 입구 앞에 서 있었다.

양손을 포개 앞에 대고 무백을 바라보는 모습이 무척 단아해 보였다. 그 상태로 잠시 서고에 침묵이 흘렀다.

무백이 원하는 책을 찾아줄 거라 생각하는 모양이다.

"죄송합니다. 저도 이곳에 대해선 잘 모릅니다. 금가장의

손님이신 것 같은데 필요한 책이 있으시면 금 대인께 물어보
시는 게 어떨까요?"

"금 대인? 이곳 분이 아니신가요?"

여인은 무백의 대답에 이채를 발했다.

서고에서 책을 정리하고 있는 사람이 금가장 식솔이 아니
면 누구란 말인가?

"예. 금 대인의 배려로 잠시 머물고 있는 사람입니다. 봐야
할 책이 있어서 당분간 이곳에 머물고 있는 중입니다."

"그러시군요. 제가 실례를 했네요."

"괜찮습니다. 모르고 한 일이신데요."

여인의 사과를 무백은 가볍게 넘겼다.

여인은 살짝 고개를 숙이곤 돌아섰다가 몇 걸음 가지 않고
금서각 입구에서 멈춰 섰다.

'지금 내가 대화를 한 건가?'

너무 자연스러워서 잊어버리고 있었다.

여인이 사는 곳에선 타인과 이런 식의 대화를 나눌 수가 없
었다. 일단 그녀에게 대답을 할 수 있는 사람은 정해져 있는
몇 명뿐이기 때문이다.

대개는 여인이 묻기도 전에 시선을 피하거나 급히 자리를
떠나거나 둘 중 한 가지였다. 허나 무백은 그렇지 않았다.

'저 나이에 금 장주를 금 대인이라 불렀다. 보이는 것이 전

부가 아니란 뜻이겠지?

금 대인이란 호칭이 잘못된 것은 아니었다.

무백의 신분이 특별하다면 충분히 가능한 일이었다.

여인은 그 신분이 갑자기 궁금해졌다.

"왜 금 장주님을 그렇게 부르죠?"

여인이 돌아서서 아직도 사다리 위에 있는 무백에게 물었다.

무백은 질문을 이해하지 못해 잠시 멍한 눈으로 여인을 쳐다봤다.

"금 대인이라고 하셨잖아요. 대개는 금 장주님이라고 하지 않나요?"

"아! 그 말씀이셨군요. 제가 금 대인을 소개 받을 때 그렇게 들어서 나온 말 같습니다."

"소개? 소개로 이곳에 오신 건가요?"

무백으로서는 그것이 왜 그리 궁금한지 이해하기 힘들었으나 여인은 눈까지 반짝이며 관심을 보이고 있었다.

"예. 사연이 좀 있습니다."

"어떤 사연이죠?"

"……."

무백이 왜 금가장에서 지내게 됐는지 말하는 것은 어렵지 않았으나, 그러기 위해서는 턱이를 만난 일부터 설명을 해야

한다. 알지도 못하는 사람들의 애기를 굳이 하고 싶지 않은
것이다.

여인은 무백의 대답을 기다리고 있었다.

특이한 여인이었다.

옷차림과 무백을 대하는 모습을 보면 평범한 여인은 아닌
것이 분명한데, 어째서 무백의 사소한 한마디에 저리 관심을
보인단 말인가?

"저는 무백이라고 합니다."

"아……."

여인은 무백이 사연을 말해줄 것이라 여겨 기다리는데 갑
자기 이름을 대자 잠시 말을 잇지 못했다.

"사연은 소저께서 있으신 것 같은데요?"

무백은 사연을 듣고 싶다던 여인이 이름 밝히길 꺼려하자
웃으며 책 정리를 다시 시작했다.

무백과 여인의 대화는 거기서 멈췄다.

무백이 들고 있던 책들이 모두 제자리에 꽂혔다.

사다리에서 내려온 무백은 한쪽 구석에 쌓여 있는 책을 들
고 다른 서고로 움직였다.

"선하연, 제 이름은 선하연이라고 해요."

여인은 자신의 이름을 밝혔다.

이름 하나 밝히는 것에 대단한 결단이 필요하기라도 한 것

같은 모습이었다.

무백으로선 예상하지 못한 상황이었다.

선하연이 자신의 이름을 밝혔다는 것은 무백이 이곳에 어떻게 오게 됐는지 듣고 싶다는 강력한 의지의 표현이기 때문이다.

'왠지 들어선 안 되는 이름을 들은 것 같은 이 기분은 뭐지?'

무백은 들고 있던 책을 내려놓았다.

꼼짝없이 턱이를 만나 이곳까지 오게 된 사연을 털어놓아야 할 모양이다.

"저와 함께 지내는 아이가 있습니다. 턱이라고, 제가 지리를 몰라 안내를 부탁했던 아이입니다."

"턱이요? 이름이 턱인가요?"

선하연은 놀란 눈으로 되물었다.

"별명인 것 같긴 한데 이름을 모른다고 하네요."

"그런 일이… 부모가……."

"안 계신 거죠. 어릴 때부터 쭉 혼자서 커온 아이들 대부분이 그렇거든요."

"아……."

선하연은 처음 듣는 얘기에 눈을 빛내며 고개를 끄덕였다.

이렇게까지 관심을 보일 줄 몰랐던 무백은 서고 안을 둘러보다 쌓아놓았던 책을 들고 와 나무로 짠 책장 앞에 놓았다.

"의자가 없어서 이걸로 대신할 수밖에 없을 것 같습니다."

"예?"

"계속 서 계시면 힘드실 것 같아서요."

"아!"

선하연은 무백이 책으로 의자를 만들었다는 것을 알고 주저하지 않고 가서 앉았다.

배시시 웃는 모습이 어두운 공간에서도 환하게 빛을 내뿜는 것 같았다.

'아름다운 분이시구나.'

무백은 선하연의 미소에 자신도 모르게 미소를 머금었다. 문틈으로 들어온 빛이 무백의 얼굴에 닿았다.

'어머!'

선하연은 책의자에 앉아 신기한 표정으로 무백을 올려다보다 그 미소에 자신도 모르게 볼을 붉히고 말았다.

처음 방문하는 금가장에 대해 알고 싶다며 금서각으로 들어왔는데 너무도 잘한 것 같았다.

선하연이 사는 곳에선 한 번도 느껴보지 못한, 아니 그녀가 지금까지 살아오는 동안 한 번도 가져 보지 못한 감정이 심장을 자꾸만 못살게 굴고 있었다.

"재미없으실 텐데 계속할까요?"

“재미있어요!”

“……”

무백이 한 얘기라고는 턱이에게 안내를 부탁했다는 것밖엔 없었다. 어디서 재미를 느끼는지 무백이 오히려 반문하고 싶었다.

“턱이란 아이에게 안내를 부탁하셨다고……”

“천양에 와야 하는데 여비가 부족하더군요. 그래서 제가 갖고 있던 물건을 팔기로 하고 마을에 계신 수집상을 찾아갔지요.”

‘여비가 뭐지?’

선하연은 여비란 말을 처음 들었다.

그녀가 사는 곳에선 말만 하면 모두 이루어지기 때문이다.

“상노야란 분이셨는데 적당한 값으로 살 수도 있었을 텐데 제게 금 대인을 소개해 주셨지요. 더 높은 값을 받을 수 있으니 가보라고 하시더군요.”

“좋은 분을 만나신 거군요.”

“좋은 분. 그렇죠, 욕심을 내지 않고 멈출 줄 아는 분이셨던 것 같습니다. 그래서 금 대인과 만나게 됐습니다.”

무백은 천군상을 보고 심각한 혼란에 빠진 일과 그것을 소향이란 기녀 덕분에 극복한 이야기는 뺐다.

“헌데, 선 소저는 무슨 일로 금가장을 방문하신 건가요?”

“보고 싶은 사람이 있어서요.”

‘소장주를 보러 온 건가?’

무백은 금성문을 떠올렸다.

선하연의 나이에 보고 싶다고 표현할 사람이라면 정인(情人) 외엔 없다는 생각을 한 까닭이다.

“사실, 직접 와본 적이 없어서 금가장에 대해 알아보려고 온 거예요.”

‘금가장에 대해?’

무백은 선하연의 말이 이해되지 않았다.

금성문에 대해 궁금하다면 책이 아니라 사람을 만나는 편이 빠르기 때문이다.

“저는 도움이 못 될 것 같군요.”

무백은 이쯤에서 빠지는 것이 낫다고 생각했다.

책의자에 앉아 있는 선하연의 모습이 눈부시게 아름답지만 금성문과 연관이 있다면 곤란해질 수 있다는 생각이 든 것이다.

“아니요. 제가……”

무백이 대화에서 빠지려 한다는 것을 느낀 선하연은 눈을 동그랗게 뜨며 무언가 말하려 했다.

덜컹!

문이 열리고 각진 얼굴의 소년이 나타나지 않았다면 두 사람의 대화는 좀 더 이어졌을지도 몰랐을 것이다.

"아저씨, 얘기 들으셨… 어? 누구세요?"

턱이가 무언가 말하려다 선하연을 발견하고 놀란 얼굴로 물었다.

"금가장에 볼일이 있어 오신 분이시다. 얘가 턱입니다."

무백은 일부러 선하연의 이름을 말하지 않았다.

"아, 턱!"

선하연은 무백이 왜 턱이를 턱이라고 부르는지 각진 얼굴을 보니 알 것 같다는 표정을 지었다.

"뭐, 뭐죠, 이 이상한 분위기는?"

턱이가 무백과 선하연을 의심스러운 눈초리로 번갈아 쳐다봤다.

"이 시간에 웬일이냐?"

"아니, 저분……."

"턱아."

"예."

"이 시간에 웬일로 온 거냐고 묻잖느냐."

무백이 턱이의 궁금함을 간단히 차단하며 화제를 돌리자 턱이는 더 이상 물어봐야 소용이 없음을 깨달았는지 말을 꺼냈다.

"아, 그 왜, 커다란 석상 있잖아요?"

"천군상?"

"예! 우리가 봤을 땐 없었던 얼굴이 갑자기 생겼어요. 한 할머니가 새벽에 소원을 빌고 있었는데 갑자기 석상에서 돌이 떨어지더래요. 놀란 할머니가 계단까지 냅다 뛰어, 연세가 꽤 된다고 하던데 날래기도 하죠? 어쨌든 할머니가 피하신 후 이상한 생각이 들어 위를 올려다봤더니, 세상에… 천군상에 얼굴이 턱! 하고 나타났다지 뭐예요?"

턱이는 자신이 직접 보기라도 한 것처럼 실감나는 동작과 함께 설명을 끝냈다.

"신기한 일이구나."

무백은 가볍게 고개를 끄덕이고 말았다.

"음? 안 가보세요?"

"네가 다 말해줬으니 됐다."

"이거, 이거, 아저씬 뭔가 알고 있죠?"

턱이가 눈을 가늘게 뜨며 무백을 처다봤다.

만사를 제쳐 두고 달려온 이유가 천군상에 대한 무백의 관심이 크다는 것을 알기 때문인데, 무백의 반응이 시큰둥했다.

"뭘?"

"천군상의 얼굴이요."

"모른다."

"에이……."

“…….”

“정말 아무것도 모르세요?”

“모른다고 했잖느냐.”

“그럼…….”

“일하러 가봐야지.”

“그, 그렇죠?”

턱이는 좀 더 있고 싶은 눈치를 보냈으나 무백의 표정엔 일고의 여지도 없어 보였다.

“이따 저녁에 뵐게요.”

눈치 빠른 턱이는 무백이 허락하지 않을 것을 알고서 심드렁한 말과 함께 금서각을 나섰다.

“대단하세요.”

선하연은 턱이가 나가는 모습을 보며 무백을 향해 말했다.

“제가요?”

“그럼요. 저 아이와 지낸 시간이라고 해봐야 한 달도 안 됐을 텐데, 저 아이가 무 소협을 완전히 신뢰하게 만들었잖아요. 어떻게 그럴 수가 있죠?”

“…….”

무백은 갑작스런 질문에 어떻게 대답해야 할지 몰라 가만히 있었다.

선하연이 다시 뭐라 말을 하려는 순간, 무백과 선하연의 시선이 동시에 금서각 입구를 향했다.

문이 열리고 두 명의 노파가 들어왔다.

"너무 오래 걸리셔서 무슨 일이 있는 건 아닌지 걱정돼 들어왔습니다."

"남자가 있었군요."

키가 큰 노파와 통통한 체격의 노파였다.

두 노파 모두 백의에 비녀를 꼽아 머리를 틀어 올리고 있었다.

두 노파의 시선이 동시에 무백을 향했다.

바람도 불지 않았는데 무백의 옷자락이 저절로 펄럭였다.

척.

"이곳엔 내가 찾는 게 없네요. 그만 가죠, 두 분."

선하연은 무백 앞으로 나서며 두 노파가 뿌린 암경을 가볍게 없앴다.

두 노파는 선하연의 행동에 놀란 표정을 지었으나 이내 공손히 머리를 조아리고는 선하연이 지나갈 때까지 움직이지 않았다.

"아! 당분간 머무신다고 했으니 또 뵐 수 있을까요, 무 소협?"

선하연이 돌아서서 무백에게 물었다.

"기회가 된다면."

무백은 웃으며 대답하곤 선하연이 앉았던 책을 옮기려 했다. 막 책을 들어 올리려는 순간, 서늘한 기운이 목뒤에 닿았다.

"진 호선(護仙), 그만. 실례는 거기까지 하도록 해요."

선하연의 말투가 달라졌다.

진 호선이라 불린 노파의 안색이 굳어지며 곧바로 살기를 거둬들였다.

무백은 모른 척 책을 나르다 다시 들려온 선하연의 목소리에 입구 쪽으로 고개를 돌렸다.

"그럼."

선하연이 가볍게 고개를 숙였다.

무백은 웃음으로 답해주었다.

'분명 진 호선과 양 호선이 문 앞에 왔을 때 같이 고개를 돌린 것 같았는데. 내게 기를 읽히지 않을 정도의 고수? 그런 사람이 현 강호에 있을까?'

선하연은 진 호선이 무백에게 살기를 보낼 때 일부러 모른 척했다. 허나 무백은 살기를 감지하지 못한 것 같았다.

'어딘지 모르게 비밀스러운 구석이 많은 사람 같아. 그것 하나만으로도 강호에 나온 보람이 있네.'

선하연의 얼굴에 미소가 번졌다.

금서각 문을 열어주던 두 노파는 그 미소를 놓치지 않고

봤다.

‘지금 웃으신 건가?

‘저놈이 누군지 알아봐야겠다.’

진 호선과 양 호선의 시선이 아주 잠깐 마주쳤다 뒤쪽에 있는 무백을 향했다.

선하연에게 웃음을 줄 수 있는 사람이 생겼다는 것은 좋은 일이지만, 그 대상이 너무 어리거나 무공을 모르는 서생이라면 곤란한 까닭이다.

금서각 문이 닫혔다.

책을 옮기던 무백은 그제야 행동을 멈추고 돌아봤다.

‘기회가 또 오려나?

무백의 입가에 웃음이 짙어졌다.

들고 있는 맨 위에 있던 책을 봤다.

선하연이 앉았던 책이었다.

“한 번 더 볼까?”

무백은 책을 한쪽에 따로 놓았다.

선하연은 금서각 정문이 보이지 않을 정도의 거리를 움직이고서야 돌아섰다.

“진 호선, 왜 무 소협에게 그리 대하신 거예요?

“예? 그야 당연히 아가씨의 안전 때문에…….”

진 호선은 당연한 질문을 왜 하는지 모르겠다는 눈으로 대답하다 말을 얼버무렸다. 선하연의 눈빛이 평소와 달리 차분하게 가라앉아 있었기 때문이다.

"그러다 무 소협이 제게 안 좋은 인상이라도 가지면 어떡하려고요?"

"그럴 리가 없습니다. 그 녀석은 아가씨와 대화를 나눈 것만으로도 평생 가문의 영광으로 알아야 합니다."

"진 호선은 아가씨의 안위가 걱정되어 나선 일입니다, 너그러이 용서해 주세요."

양 호선이 조심스럽게 나섰다.

진 호선이 혼나면 덩달아 그녀 역시 고생을 해야 한다는 것을 잘 알기 때문이다.

"양 호선도 그래요."

"예?"

"진 호선이 무 소협을 괴롭히면 막아주진 못할망정 방관만 하고 있으면 어떡해요?"

"맞습니다. 제 잘못입니다. 사실, 저는 진 호선이 그 청년에게 왜 그런 짓을 하는지 이해할 수 없어 가만히 있었던 것뿐입니다, 아가씨."

양 호선은 이해할 수 없다는 말에 힘을 주곤 곧바로 뒤로 한 걸음 물러섰다.

선하연의 시선이 진 호선에게로 다시 향했다.

"야, 양 호선!"

진 호선이 눈을 치뜨며 양 호선을 노려봤다.

도와주지는 못할망정 선하연의 화를 더 돋우면 어쩌란 말인가?

진 호선이 창백해진 얼굴로 주춤 한 걸음 뒤로 물러섰다. 선하연은 그런 진 호선을 빤히 쳐다보다 낮게 숨을 내뱉고는 다시 걸음을 재촉했다.

그제야 두 호선은 숨을 길게 내쉬었다.

"또 문이네?"

선하연은 벌써 몇 번이나 문을 지나고 있었다.

"아가씨, 금 장주에게 담을 부수라고 이르겠습니다."

"예? 여기가 궁이에요? 왜 남의 집 담을 부수라고 그래요?"

"예? 그, 그럼 그냥 두라고 하겠습니다."

"그 말도 하지 말아요."

"…예."

진 호선의 풀죽은 대답을 듣고서야 선하연은 표정을 풀었다.

그때, 문이 열리며 세 여인 앞에 오십 대로 보이는 중년인이 호위 네 명과 모습을 드러냈다.

"혹시, 궁에서 나오신… 아! 두 분 호선을 다시 뵙습니다.

인사드립니다. 총관을 맡고 있는 상 모입니다.”

금율이 자리를 비울 때 집무를 대신하던 상 총관이었다.

“전갈을 한 지가 언젠데 이제야 마중을 나오는 게야!”

역시 이번에도 진 호선의 호통이 제일 먼저 터졌다.

양 호선도 한마디 거들려다 선하연의 눈치를 보며 말을 아꼈다.

이번엔 선하연도 진 호선의 행동을 막지 않았다.

금가장엔 처음이라 이미 와본 적이 있는 두 호선에게 맡겨두려는 것이다.

“어허, 뭐하고 있나! 어서 금 장주에게 안내하지 않고!”

선하연이 아무 말 않자 양 호선은 이때다 싶었는지 진 호선이 나서기도 전에 상 총관에게 호통을 쳤다.

상 총관은 곧장 허리를 접으며 옆으로 몸을 비켰다.

안쪽으로 모시겠다는 뜻이었다.

“저 문만 지나면 금 장주의 집무실이 나왔던 걸로 기억합니다.”

양 호선이 선하연을 향해 최대한 공손하게 말했다.

가식이나 어쩔 수 없이 하는 행동이 아니라 극도의 존경이 자연스럽게 몸에 배어나오는 모습이었다.

‘저, 저 두 분이 쩔쩔매는 사람이 있을 줄이야. 게다가 겨우 십칠팔 세 정도밖에 안 되어 보이는데……’

상 총관은 감히 눈을 들 생각은 못하고 황당한 상황에 진땀만 흘렸다. 진 호선과 양 호선이 빙궁의 원로라는 것은 알고 있기에 더욱 멍해질 수밖에 없는 상황이었다.

원로 둘이 쩔쩔매는 사람이라면 한 사람 외엔 없잖은가?

'빙궁주가 저리 어린 소저였던가? 아니야, 뭔가 이상해. 저 소저가 궁주라면 원로 두 분만 따라나섰을 리가 없잖아?'

선하연이 빙궁주인지 아닌지는 단정 지을 필요 없었다. 선하연의 신분이 원로급 이상이란 사실만 안 것으로 충분했다.

"두 분을 다시 뵙게 되는 영광이 금 모에게 주어질 줄은 생각지도 못했습니다."

금율이 긴 수염과 온화한 눈으로 진 호선과 양 호선을 향해 정중히 포권을 취했다.

"말씀드렸던 금 장주입니다."

진 호선과 양 호선이 선하연에게 깍듯이 허리를 숙이며 말했다.

"선하연이라고 해요."

'선?'

금율은 빙궁의 직계와 방계 모두 선씨 성을 쓴다는 걸 알고 있기에 선하연의 신분을 짐작할 수 있었다.

"누추하지만 안으로 드셔서 말씀을 나누시는 것이 어떠신지요?”

　빙궁주에게 제자가 생겼다는 말은 듣지 못했기에 선하연의 신분이 궁금했으나 일단 자리를 옮기는 것이 낫다고 여긴 것이다.

　금율의 안내로 세 사람은 집무실로 들어섰다.

　선하연은 집무실 내부의 광경을 신기한 눈으로 살펴보며 작은 소리로 탄성을 터트리곤 했다.

　고풍스런 서화가 걸린 벽이며 깔끔하게 청소된 바닥과 탁자, 높게 쌓여 있는 책상 위의 두루마리들까지 모든 것이 궁에서 보던 것과 달랐기 때문이다.

　“일단 자리하시지요.”

　금율은 탁자의 상석을 가리키며 선하연을 돌아봤다.

　선하연은 거절하지 않고 자연스럽게 의자에 앉았다.

　“두 분께선 그럼 이쪽으로…….”

　금율이 진 호선과 양 호선을 보며 선하연의 양쪽을 가리켰다. 허나 어찌된 일인지 두 호선은 선하연의 뒤에 시립한 채 움직이지 않았다.

　“두 분, 그렇게 서 있으면 금 장주님이 곤란해하시잖아요.”

　선하연의 말이 끝나기 무섭게 두 호선은 동시에 자리에 앉았다.

　“잠시 주위를 살폈습니다.”

두 호선은 입을 맞추기라도 한 것처럼 같은 평계를 댔다.

'도대체 저 소저가 누구기에.'

금율은 두 호선의 긴장한 모습을 보며 할 말을 잃고 말았다.

두 호선은 빙궁의 원로였다.

현 강호를 양분하고 있다는 와룡문과 군림회도 빙궁은 함부로 건드리지 못한다. 그런 곳의 원로라면 엄청난 신분인 것이다.

그런 두 사람이 여인의 일거수일투족에 쩔쩔매고 있었다.

웃지 못할 상황에 집무실엔 침묵이 흘렀다.

선하연은 방 안이 신기해서 구경하느라 말을 하지 않았고, 그런 선하연의 눈치를 보느라 두 호선은 말할 생각이 없어 보였고, 두 호선과 선하연의 눈치를 보느라 금율은 수염만 매만졌다.

'궁주님의 직계가 분명해.'

지금 상황을 설명하려면 그 신분 외엔 없었다.

두 호선이 아무리 빙궁의 원로라고 해도 궁주의 직계에겐 함부로 대할 수 없을 테니까.

"듣기론 궁의 제자가 있다고 하던데요?"

선하연은 앞뒤 설명을 자르고 곧장 본론을 꺼냈다.

선옥인이 죽은 뒤 빙궁과 관련이 있는 사람은 금가장에 한 명뿐이었다.

"진 호선, 그 제자의 이름이 뭐라고 했죠?"

"금 장주, 옥인의 제자를 물으시는 것일세."

"약령이라고 합니다."

"맞아요. 그 제자를 볼 수 있을까요?"

선하연이 자연스럽게 화제를 이끌었다.

금율의 입장에선 대단히 조심스러운 상황이 아닐 수 없었다. 그의 대답 여하에 따라 약령이 빙궁으로 가야 할 수도 있는 상황이 벌어질지 모르기 때문이다.

"두 분 호선은 전에 뵌 적이 있어서 알고 있습니다. 헌데 선 소저에 대해선 제가 아는 바가 전혀 없군요. 제 안계를 넓혀주시면 감사하겠습니다."

금율은 도저히 참지 못하고 자리에서 일어나 선하연을 향해 포권을 취했다.

"앉으세요, 장주님. 제가 장주님께 그런 인사를 받을 자격은 없습니다."

선하연이 금율이 포권을 취하자 일어나 예를 갖췄다.

또다시 선하연의 신분이 궁금해지는 금율이 아닐 수 없었다.

금율은 설명을 바라는 눈으로 두 호선을 돌아봤다.

두 호선은 마음에 들지 않는 표정으로 금율을 쳐다보고 있었다.

"현재 궁의 최고 어르신은 빙모님이네. 현 궁주님의 이모 되시지. 그분께서 얼마 전에 아가씨께 모든 것을 물려주시고 눈을 감으셨네. 즉, 빙모님의 직전제자가 되신 걸세."

진 호선이 최대한 간략하게 선하연에 대해 설명을 해주었다.

"아……."

금율은 빙모라는 말을 듣고 속으로 얼마나 놀랐는지 몰랐다. 선옥인에게 빙모에 대해 들은 기억이 있기 때문이다.

전대 빙궁주보다 훨씬 뛰어난 무공을 소유하고 있으면서도 권력에는 욕심이 전혀 없으셨던 분.

선하연은 그 빙궁 최고수의 진전을 이은 것이다.

"제 나이는 올해로 열아홉이에요. 사부님의 배려로 빙정(氷精)을 복용하고 음령인(陰靈人)의 굴레에서 벗어났습니다."

선하연은 엄청난 사연을 아무렇지도 않게 담담한 어조로 말하고는 빙긋 웃기까지 했다.

투명한 피부에 짙은 흑미(眉), 오똑한 콧날과 작지만 도톰한 입술이 일제히 하나의 환상을 만들어냈다.

금율은 멍한 눈으로 선하연을 바라보다 헛기침과 함께 고개를 돌렸다.

"제가 제자를 찾는 이유는 선옥인 제자에 대한 감사를 표하고 싶어서예요."

　금율의 부인인 선옥인은 선하연보다 나이가 많았다. 아무리 빙모의 진전을 이었다고 해도 함부로 하대를 하는 것은 옳지 않다고 여긴 것이다.

　금율은 빙궁에서 아직도 선옥인을 기억해 주고 있다는 사실이 감격스러웠다. 떠난 사람이기에 더더욱.

　“어떤 것을 말씀하시는지 알려 주시겠습니까?”

　“제가 복용한 빙정은 사실 궁의 것이 아니었어요. 성질이 달라서 궁의 것은 복용할 수 없었거든요. 선옥인 제자가 보내 준 음정신목(陰精神木)을 사부님께서 빙혈에 뿌리내리게 하셔서 그 과실을 복용했지요.”

　“아! 음정신목!”

　“오직 만년빙에서만 뿌리를 내리죠. 그 음정이 꽃을 피워 빙정의 형태가 되더군요.”

　“기억납니다. 인매가 자신에겐 큰 소용이 없으니 궁에 보냈으면 한다고…….”

　“선옥인 제자 덕분에 제 병이 나았으니 이제 돌려 드려야지요. 약령 제자를 치료해 주러 왔습니다.”

　“약령을요?”

　“선옥인 제자처럼 사랑을 해도 죽지 않게 해드리려는 겁니다.”

　“……!”

"제가 좀 더 일찍 나왔다면 좋았을 텐데……."

선하연은 다음 말을 잇지 않았다.

금율에게 선옥인을 떠올리게 할 테니 말이다.

약령은 금율의 집무실 앞에 서서 호흡을 골랐다.

빙궁에서 사람이 나와 약령을 찾는다는 얘길 들었을 때, 심장이 내려앉는 것 같았다.

사부인 선옥인이 죽은 후 약령은 빙궁과 인연은 거기까지라고 여기며 살아왔다. 그녀가 살아가는 이유는 오직 한 가지, 금성문을 위해서였다.

빙궁의 무공을 익히고 선옥인의 진신내력을 받는 순간 약령은 빙궁의 제자가 됐다. 그 사실을 부정한 적은 없지만 그로 인해 금성문과 떨어져 있어야 한다면 최악의 결정을 내려야 할지도 몰랐다.

똑똑.

문을 두드리고 안으로 들어갔다.

전에 본 적이 있는 두 호선이 보였고 투명한 피부에 눈부신 미모를 지닌 여인이 보였다.

"약령입니다."

"선하연이에요."

선하연이 웃으며 작고 붉은 입술을 열어 반겼다.

“선······.”

사부 선옥인과 같은 성씨였다.

뭔가 이상함을 느낀 약령에게 선하연이 다가가 손을 잡아 주었다.

“이리로.”

선하연이 약령의 손을 잡고 자신의 옆자리로 갔다.

양 호선이 재빨리 옆으로 움직여 약령에게 자리를 내주었다.

‘······!’

짧지만 선하연이란 여인이 두 사람에게 어떤 존재인지 알게 해주는 동작이었다.

‘무 소협과 눈이 마주쳤을 때와 비슷한 느낌이야.’

약령은 손목에 닿아 있는 선하연의 손이 자신의 내부를 살살이 훑고 있다는 느낌을 떨칠 수 없었다.

겉으로는 무공을 전혀 익히지 않은 것처럼 보이는데 실제로는 엄청난 고수인 것이다. 마치 무백처럼.

“한빙심결과 월령소수를 익혔다고요?”

“예.”

“역시 그러네요.”

선하연은 약령에게서 손을 떼며 고개를 끄덕였다.

약령의 몸에서 무언가 발견한 모양이다.

“제자가 잘못한 것이라도······.”

약령은 어렵게 입을 열었다.

"그럴 리가요. 다만, 바로잡아야 할 게 조금 있네요."

선하연은 약령이 이해할 수 없는 말을 하고는 잠시 시선을 천장에 두었다.

'한빙심결의 구결을 일부 바꿔야겠다. 받아들이는 부분을 빼고 내보내는 부분을 강화시켜야 해. 그래야 궁의 환경과 비슷한 결과를 낼 수 있어.'

선하연은 약령의 손목을 잡는 순간 진기를 흘려보내 몸 안을 살펴보았다.

탁기가 쌓일 곳이 아닌데 막혀 있어 기의 흐름이 방해받고 있었다.

한빙심결은 음기를 체내로 받아들여 그 기운을 내공으로 변화시켜 주는 심결이다. 즉, 빙궁보다 더운 곳에선 제대로 익히기 힘든 심결이란 뜻이기도 했다.

문제의 원인을 짐작하자 선하연의 머릿속으로 수많은 해결법들이 떠올랐다.

"령아, 어서 큰절을 드리지 않고 뭐하는 게냐?"

금율이 약령에게 이런 식으로 말했던 적은 한 번도 없었다.

"은혜, 감사드립니다."

선하연을 어떻게 불러야 할지 몰라 일단 절부터 올렸다. 무엇을 고치고 왜 고쳐야 하는지에 대해서 물을 생각도 하지 못했다.

"령아, 선 소저께선 빙모님의 진전을 이으셨다고 한다."

"빙모님이요?"

약령은 빙궁에 대해 알고 있는 것이 극히 적었다.

알려주는 사람이 없으니 당연한 일일 수도 있었다.

"전대 궁주님의 이모 되시는 분이라고 들었다. 그러니 배분만으로는 현 궁주님보다 높으신 분이다."

"……!"

"또한, 네게 여자로서 살아갈 수 있도록 해줄 수 있는 분이기도 하다."

금율은 금성문과 약령의 관계를 잘 알고 있었다.

아들인 금성문이 벌써 혼인을 치러 손주를 볼 나이가 지났음에도 여자 생각을 하지 않았다. 약령 때문임을 옆에서 지켜본 금율이 어찌 모르겠는가?

선옥인은 살아생전 약령을 며느리 삼았으면 좋겠다는 말을 입에 달고 살았다. 그 애정이 자신의 진신내력을 모두 전해주는 것까지 서슴지 않았다.

약령은 놀람 반, 희열 반으로 어쩔 줄을 몰라 했다.

치료만 된다면 지금보다 몇 배 더 금성문을 사랑할 수 있을 것 같다는 생각 때문이다.

第九章
복마전
第九章

밤.

인영 하나가 빠르게 금가장 전각들의 지붕을 타고 넘으며 이동하고 있었다.

특이한 것은 금가장의 호위무사들이 그 기척을 눈치채고 뒤쫓는데도 전혀 개의치 않았다.

삐익―

추격만 하던 호위무사들이 멈춰 서며 호각을 불었다.

그들의 임무는 거기까지였다.

호각소리가 퍼지는 순간 내부 전각 지붕 위로 수십 명의 인영들이 모습을 드러냈다.

인영은 그들을 흘깃 쳐다봤을 뿐 달리는 것을 멈추지 않았다.

"거기까지다. 더 이상은 못 지나간다."

인영의 앞을 막아서며 중년 사내가 모습을 드러냈다.

지붕에 내려섰는데도 미미한 소리만 났다.

상당한 고수란 뜻이었다.

"그런 말은 나를 막을 수 있을 때나 할 수 있는 소리다."

늙수그레한 목소리였다.

중년 호위무사는 곧바로 허리에 차고 있던 검을 꺼내들었다.

사릉—

빠져나온 호위무사의 검이 낮게 으르렁댔다.

침입자는 눈만 내놓고 전신을 흑의로 감싸다시피 했다. 키는 오 척쯤, 등에 맨 검이 무기인 것 같았다.

호위무사의 입가에 조소가 걸렸다.

순간, 무언가 그의 얼굴을 긋고 사라졌다.

푸학—!

흑의 복면인은 호위무사의 몸을 세로로 갈라 버리고는 또다시 움직였다.

쉭쉭—

그가 지나간 자리에는 어김없이 피분수가 뿌려졌다.

삐이익—!

호각소리가 크게 여러 번 울렸다.

"자객이다! 장주님께 알려라!"

호위무사들이 일제히 소리치며 이전과는 비교도 할 수 없이 날랜 동작으로 이동하는 흑의 복면인을 쫓았다.

복면인이 향하는 곳은 금율의 집무실 쪽이었다.

그는 모습을 드러낸 직후부터 오직 일직선으로만 달리고 있었다. 금가장의 내부 지도를 훤히 알고 있기 전엔 불가능한 움직임이었다.

호위무사들은 갑자기 달라진 복면인의 속도를 쫓지 못했다. 지붕과 지붕 사이를 한 번의 도약으로 건너뛰는 자를 무슨 수로 쫓는단 말인가?

호각소리를 듣고 막으려 하던 내부의 호위무사들이 인영을 찾았을 땐 이미 저만치 달려가고 있는 중이었다.

삑— 삐이익—

삽시간에 금가장 전체가 호각소리로 가득 찼다.

달리던 인영의 눈에 멀리 금율의 거처가 보였다.

"후엇!"

인영의 입에서 짧은 기합성이 터졌다.

쾅!

가로막던 호위무사들이 전력을 다해 방어하려 했으나 인영이 내뿜은 장력은 그들로선 막을 수 없는 위력을 갖고 있었다.

"나와라, 금율!"

인영은 크게 외치며 금율의 집무실이 있는 전각 앞에 내려섰다.

뒤따라 내려선 호위무사들이 인영을 감쌌다.

문이 열리고 상 총관이 모습을 드러냈다.

"네가 금율이냐?"

'장주님을 모르는 자다. 사주를 받은 건가? 하지만 너무 무모한 자가 아닌가? 대상도 모르고 금가장의 담을 넘었다? 이곳까지 온 것을 보면 내부를 잘 아는 것 같더니.'

상 총관은 인상을 찌푸리며 복면인을 유심히 살폈다.

특이할 만한 것은 발견할 수 없었다.

"장주님은 정체를 밝히지 않는 자를 마중하실 정도로 한가하지 않소. 장주님을 뵙고 싶으면 정체를 밝히시오."

"네가 아니군. 그럼 나올 때까지 이 짓을 해야지."

복면인은 주위를 둘러보다 검을 들었다.

파리한 검신이 달빛을 받아 귀기를 띠었다.

"모두 물러서라."

담장 위에서 명령이 떨어졌다.

그곳엔 금성문이 도를 어깨에 걸머진 채 인영을 내려다보
고 있었다.

"흐음? 너는 누구냐?"

"난, 네가 찾는 분의 아들이다."

"그래? 그럼 너를 죽이면 나오겠구나."

복면 사이로 기광이 일렁였다.

팟—

복면인이 몸을 날렸다고 여긴 순간 파리한 검신이 금성문
의 얼굴을 향해 휘둘러졌다.

"어림없는 수작!"

금성문도 지지 않고 도를 휘둘렀다.

쾅!

금성문의 신형이 뒤로 밀리며 담에 등을 댔다.

'이 엄청난 힘은 뭐냐?'

금성문은 인영의 검과 부딪친 순간 철벽을 때린 것 같았다.
저 작은 체구에서 나온 힘이라고는 믿기 힘들 정도로 엄청난
폭발력이었다.

이것저것 생각할 겨를이 없었다.

또다시 인영의 검이 금성문의 심장을 파고들었다.

채챙—

도를 옆으로 뉘어 검을 밀어내자 검이 벽에 박혔다.

금성문이 몸을 빼내려 하자 인영의 검이 다시 움직였다.

가가각—

벽을 가르며 여전히 금성문을 향해 움직이는 것이다.

지켜보던 금성문은 황당한 표정을 지을 수밖에 없었다. 검의 속도가 조금도 느려지지 않았기 때문이다.

쾅!

묵직한 굉음과 함께 또다시 금성문이 한쪽으로 밀려나야 했다.

"금율도 아니면서 두 번이나 내 검을 막았다고?"

복면인은 믿을 수 없는 눈치였다.

진이, 진삼을 살리기 위해 혼자서 뛰어들었다.

혼자서도 충분히 금율이란 장사꾼쯤을 해치울 자신이 있었기에 독단적으로 행동한 것이다.

그러나 벌써 얼마나 지났는데 아직도 마당에서 시간을 보내고 있단 말인가?

'이거 이거, 잠력격발을 정말로 해야 할지도 모르겠는걸?'

복면인은 촌로로 살던 진일이었다.

그가 지금까지 진벽군이면서도 살아 있을 수 있었던 이유는 분광검이란 무공 때문이다.

그 무공이 벌써 두 번이나 젊은 녀석에게 잡혔다.

전각을 둘러싼 무거운 공기.

젊은 녀석보다 고수가 적어도 한둘은 더 있다는 것을 감으로 알 수 있었다.

진일은 마치 자신의 검이 녹슬었는지 확인이라도 하듯 내려다보고는 다시 들어올렸다.

"응?"

진일이 다시 금성문을 공격하기 위해 검을 든 순간, 옆구리를 노리고 들어오는 한기에 놀라 검을 내려 막았다.

쾅!

검을 쥔 그의 손이 찌르르 울렸다.

"흘. 넌 또 뭐냐?"

진일은 황당한 눈으로 자신을 공격한 여인을 쳐다봤다.

"공자님, 다치신 곳은 없으세요?"

약령은 금성문의 상세를 먼저 챙겼다.

"당연히 괜찮지. 약령까지 나서게 하고 이거 꼴이 말이 아닌데?"

금성문은 멋쩍은 웃음을 지었다.

두 번이나 자신을 물러나게 만든 자를 약령이 일수로 물리쳤으니 마음이 좋지 않을 수밖에 없었다.

"공자님, 물러서세요. 공자님의 상대가 아닙니다."

약령은 금성문을 막아섰다.

"무슨 소리, 약령이나 한쪽에서 구경하고 있으라구. 저자는 내 거야.”

금성문은 고개를 가로저으며 투지에 불타는 눈을 했다.

“흘흘흘. 재미나게 노는구나.”

두 사람의 대화를 듣고 있던 진일이 갑자기 실소를 터트렸다. 세상 살다 보니 그를 먼저 상대하겠다는 젊은 남녀도 다 보게 된 것이다.

“너희도 참 운이 없구나.”

진일이 씁쓸한 목소리를 냈다.

젊은 사람들은 되도록 죽이지 않으려 했다.

금율에게 곧장 온 이유가 거기에 있었다. 최소한의 희생으로 이번 일을 마무리 지으려던 것이다.

안될 모양이다.

진일이 검을 들어올렸다.

아직 금율이란 자는 모습을 드러내지 않고 있다.

약령이 앞으로 나섰다.

금성문도 지지 않고 나란히 섰다.

“공자님……”

“같이하자.”

금성문이 굳은 얼굴로 말했다.

직접 경험해 본 진일의 검은 어딘지 마음에 들지 않았다.

“두 사람, 물러서지 않고 뭘 하는 게냐!”

늘어뜨린 수염에 부리부리한 눈을 한 금율이 모습을 드러
내며 호통을 쳤다.

"금율?"

진일은 묻는 것이 아니었다.

그와 금율의 거리는 약 십오 장.

한 번의 도약으로 다가가긴 힘든 거리였다.

'격발을 한다면 가능한 거리지만… 힘들다.'

진일의 시선이 금율을 지나 전각 우측 위를 향했다.

금율에게서도 만만치 않은 기운이 느껴지지만 전각 위쪽
에선 더 강한 기운이 느껴진다.

금율을 죽이긴 힘들 것 같았다.

꾹.

진일의 검을 쥔 손에 힘이 주었다.

"거기까지 해라. 더 이상 날뛰는 건 용서 못해."

"……!"

섬뜩할 정도로 차가운 목소리가 전각 위에서 들려왔다.

진일이 고개를 들자 한쪽은 키가 크고, 한쪽은 통통한 두
노파가 진일을 내려다보고 있었다.

"여긴 도대체……."

진일은 속속 모습을 드러내는 고수들을 보며 자신도 모르
게 혀를 내둘렀다.

사자가 애초에 이런 상황이란 것을 말해줬다면 무모한 결정은 결코 하지 않았을 것이다.

"흘흘. 그렇게 겁을 준다고 덥석 먹을 사람으로 보이나, 두 늙은이?"

진일은 곧 숨을 크게 들이마셨다.

파앗—

"……!"

진일과 가까이 있던 금성문과 약령의 눈이 커졌다.

진일이 순간적으로 완전히 다른 사람으로 바뀌었기 때문이다.

이전에도 만만찮은 기운을 풍기던 진일이 엄청난 기세를 뿜으며 사방을 압도했다.

그 상태 그대로 진일의 검이 금율을 향해 뻗어갔다.

검은 곧장 금율의 머리로 떨어져 내렸다.

"멈춰라!"

진일을 향해 두 가닥 백색기류가 뻗어왔다.

'헉!'

금율을 향해 검을 뻗던 진일의 눈에 경악이 떠올랐다. 말도 안 되는 것이, 움직이고 있는 그의 몸이 백색기류 때문에 저렸기 때문이다.

'이대로 가면 금율을 죽일 수… 있나?'

진일은 금율을 보고 있었다.

흐트러짐 없는 자세로 도를 쥔 채 진일을 보고 있다.

이번 공격을 막아낼 자신이 없으면 저런 표정은 지을 수 없다.

'이 멍청한 사자! 금가장은 복마전이야!'

진일은 결정을 해야 했다. 계속 공격할 것인지 아니면 피했다가 다시 공격해야 할지.

피식.

진일의 복면 안 입에서 실소가 터졌다.

혼자서 이 안에 있는 자들을 상대하는 것은 불가능했다.

'분광검.'

진일의 눈빛이 달라졌다.

뒤에서 쫓아오는 백색기류를 맞는다고 해도 금율은 반드시 데려가겠다는 각오인 것이다.

쉬아악—

진일의 검이 갑자기 갈라졌다.

빛이 갈라지는 현상은 분광검을 대성했다는 뜻이다.

수십 가닥의 검광이 금율의 머리에 닿기 직전, 그 빛들을 굵은 선이 가로막았다.

쾅! 콰콰콰!

금율은 집무실 입구까지 밀려났다.

믿을 수 없다는 표정이 그의 얼굴에 떠올랐다.

미륵삼불해를 펼쳤음에도 불구하고 우위를 점하지 못했기 때문이다.

금율의 눈에 진일이 보였다.

"쿨럭……."

입안 가득 피를 물고 있는 그는 여전히 자리에 서 있었다.

"도, 도대… 체… 하아… 하아……."

진일은 믿을 수 없는 눈으로 금율을 쳐다봤다.

뒤에서 공격했던 진 호선과 양 호선보다 그의 검을 일도로 막아낸 금율의 도를 믿지 못하는 눈이었다.

"누가 너를 보냈느냐?"

"흘… 하, 할… 망구… 누, 누… 구……."

"우린 빙궁에서 나왔다. 네놈이 누구의 지시를 받았건 그자는 이 시간 이후로 빙궁의 적이다. 감히 빙궁 사람을 건드려?"

진 호선이 진일의 앞까지 다가왔다.

픽.

진일이 갑자기 웃었다.

진벽군이 어떤 존재인지 전혀 모르는 사람의 실수를 지금 노파 중 한 명이 저지르고 있었다.

진일의 손이 올라갔다.

"……!"

진 호선은 갑작스런 상황에 놀란 눈이 됐다.

그러나 그 외엔 아무 일도 일어나지 않았다.

툭.

바닥으로 무언가 떨어지는 소리가 났다.

진일은 분명 목에 검이 찔려야 하는 진 호선이 멀쩡히 두 눈을 뜬 채 서 있자 피를 또다시 한 움큼 토해내며 시선을 아래로 내렸다.

검을 쥔 그의 손이 손목부터 절단되어 바닥에 떨어져 있었다.

"진 호선, 조심해요. 이미 생기가 사라졌는데도 움직일 수 있다니 놀랍군요."

양 호선의 뒤로 달빛조차 통과할 것처럼 투명한 피부의 미녀가 모습을 드러냈다.

"흐… 끄, 끝… 지… 지, 징그……."

진일은 이제 더 놀랄 것도 없었다.

어떻게 그의 손을 잘랐는지 보지도 못했다.

진벽대법을 펼친 상태에서 기척도 감지하지 못한 고수가 또 있을 줄은 상상도 못한 것이다.

퍽!

사방으로 얼음파편이 튀었다.

　분을 참지 못한 진 호선이 진일의 머리를 얼린 후 터트려 버린 것이다.

　전각 안에 침묵이 흘렀다.

　진일의 등장부터 죽음까지 모두 지켜본 사람이라면 숨소리조차 내고 싶지 않을 것이다.

　"진 호선, 잘하셨어요. 어차피 살려줘도 누가 시켰는지 말하지 않았을 거예요."

　선하연이 씩씩대는 진 호선의 등을 가볍게 두드렸다.

　"제가 손을 쓰지 않았어도 진 호선이 잘 처리했겠지만 그래서는 제가 걱정이 돼서 안 되겠더라구요."

　선하연은 한마디 더 하는 걸 잊지 않았다.

　'역시 아가씨께선 경지를 넘어선 게 분명해.'

　진 호선은 선하연의 한마디에 금방 표정을 풀고 허리를 숙였다.

　"장주님, 괜찮으세요?"

　선하연은 금율에게 천천히 걸어갔다.

　전각 내의 모든 시선이 선하연에게 쏠린 것은 당연했다.

　"갈! 금 장주, 다들 돌아가라고 하지 뭐하고 있는 겐가?"

　진 호선이 사람들의 시선을 보고 일부러 금율을 다그쳤다.

　"자객은 잡았으니 모두 원래 위치로 복귀하게. 고생들 많았네."

금율의 명령에 전각까지 왔던 호위무사들이 일제히 돌아
서서 밖으로 나갔다.

선하연은 금율을 따라 집무실로 들어가기 전에 잠시 돌아
서서 떠나가는 호위무사들을 쳐다봤다.

'분명 무 소협은 근처에 있어.'

느낌이 그랬다.

막연히 느낌이 아니라 어느 정도는 확신에 가까웠다.

설명은 불가능하지만 단 한 번도 어긋난 적 없는 그녀만의
능력이었다.

그리고 그녀의 능력을 빗나가지 않았다.

호위무사들 사이로 무백이 끼어들어 함께 금율의 전각을
떠났기 때문이다.

몇 번을 더 주변을 살피던 선하연은 고개를 갸웃거리고는
금율의 집무실로 들어갔다.

*   *   *

달이 반쯤 눈을 감고 있다.

새벽이 다가오고 있음을 뜻했다.

금가장에서 사라진 두 인영은 한곳을 향해 쉴 새 없이 신법
을 펼쳤다.

사자가 기다리는 폐가.

주위를 살핀 두 사람은 이내 안으로 사라졌다.

"역시 당신들이었군."

어둠을 열고 모습을 드러낸 사람은 무백이었다.

진일이 침입했을 때, 무백은 막 잠이 들었다가 호각소리에 눈을 떴다.

지붕 위를 뛰어다니는 호위무사들과 일직선으로 신법을 펼치며 달리는 인영 한 명.

인영은 너무도 쉽게 호위무사들을 처리하며 금율의 거처로 향하고 있었다.

문득 든 의문.

어째서 저 자객은 자신을 드러내어 사람들에게 둘러싸인단 말인가?

무백으로선 이해하기 힘든 자가 아닐 수 없었다.

천천히 인영을 따라 금율의 거처까지 갔다.

도착해서 보게 된 광경은 금성문과 약령이 인영과 싸우는 모습이었다. 두 사람의 능력을 알고 있기에 그리 걱정을 하지 않았다. 허나 그 이후에 인영이 자신의 몸에 한 짓을 보고 말았다.

진벽대법.

무백 스스로 경험했던 잠력격발대법을 인영이 시전한 것

이다.

당장 나가 인영을 제압하고 그 수법을 알려준 자에 대해 묻고 싶었다.

금율이 전각에서 나오고 선하연을 보필하던 두 노파가 나오지만 않았어도 그리 했을 것이다.

인영은 금방 제압됐다.

당연했다.

아무리 잠력격발대법을 시전했다고 해도 기본바탕이 약하면 일정 경지를 넘어선 고수에겐 의미가 없기 때문이다.

인영이 피를 토하며 서 있는 걸 보고 무백은 나서는 걸 그만두었다.

혼자서 저런 무모한 행동을 할 리가 없었다.

뒤에서 받쳐 줄 자가 한두 명은 있을 거라 여긴 것이다. 허나 인영이 죽는 순간까지 모습을 드러낸 자는 없었다.

그러다 호위무사들과 다른 움직임을 보이는 사람이 있을 거라 여기고 사람들과 섞여 자리를 빠져나간 후 전각 위로 올라가 금가장을 빠져나가는 자가 있는지 살폈다.

방향은 다르지만 두 사람이 금가장을 은밀히 벗어나는 것을 발견했다.

그중 한 명을 쫓았고 눈앞의 폐가에 도착하자 다른 방향으로 떠났던 자도 함께 나타났다. 이곳이 약속 장소였던 것이다.

진이와 진삼이 폐가로 들어가자 사자가 여전히 모닥불을 뒤적이며 앉아 있었다.

"진일이 혼자서 처리한 모양이군."

사자가 이렇게 될 줄 알기라도 한 것처럼 말하고는 자리에서 일어나려 했다.

"실패했습니다."

"음?"

사자는 진삼의 대답에 의아한 표정으로 쳐다봤다.

진일이 실패했다면 당연히 진이, 진삼이 일을 마무리했어야 하는데 돌아왔기 때문이다.

"진일이… 그 진일이… 완전 농락당했습니다."

진이가 사색이 되어 대답했다.

사자는 진이와 진삼을 쳐다봤다.

잔 떨림이 느껴진다.

진일이 죽을 때 두 사람은 나설 엄두도 내지 못하고 그 자리를 빠져나온 것이다.

"진일이 대법은 사용했나?"

"사용했습니다."

"…농락이란 건 그 이전, 이후?"

"애초에 우리 셋으로는 금율을 죽일 수 없었습니다."

사자가 깊이 숨을 내쉬었다.

진일이 진벽대법을 사용했음에도 농락당했다고 하는데 이 둘이 무사히 이곳까지 왔다?

두 사람은 진일에 비하면 한참 모자라는 자들이었다.

"꼬리에 불을 붙여 온 건가?"

"……!"

진이와 진삼의 안색이 대변하며 폐가 밖으로 튀어나갔다.

밖에는 사자의 예상대로 누군가 와 있었다.

"호, 혼자?"

진이는 어이없는 표정으로 주위를 둘러봤다.

청년 한 명 외엔 아무도 보이지 않았다.

"궁금한 게 있어서."

무백이 짧게 대답했다.

그 한마디에 두 사람이 듣고 싶은 모든 것이 들어 있었지만 두 사람은 거기까진 생각하고 싶지 않았던 모양이다.

시선을 교환한 뒤 무백을 죽일 순서를 정했다.

먼저 달려든 쪽은 진이였다.

진이는 허공으로 신형을 날린 후 일자로 펴고 무백의 옆쪽으로 다가가 벼락같이 세 번 연속 장력을 내갈겼다.

팡! 팡! 팡!

장력이 허공을 때렸다.

'모, 모두 피했다!'

뒤에서 지켜보던 진삼은 그 광경에 마른침을 삼켰다.

잠력을 격발시키지 않고 펼친 장력이라도 기습이기에 한 방은 맞힐 거라 여겼던 것이다.

무백은 진삼의 예상대로 되기에 충분히 젊었다.

그러나 서생처럼 보이던 무백은 가볍게, 너무도 가볍게 머리와 몸을 비틀어 진이의 장력을 모두 피해냈다.

"뭐냐, 너도……."

진이는 마지막 세 번째 장력까지 허공을 때리자 급히 자세를 바꾸며 몸을 접었다. 이제 몸만 펼치면 진벽대법을 사용할 수 있었다.

무백이 금가장의 고수 중 한 명이란 것을 깨닫는 순간 바로 시전하려 한 것이다.

미끄러지듯이 다가온 무백의 손이 진이의 다리를 잡아 바닥에 집어던지기 전까지는 그럴 생각이었다.

퍽!

진벽대법을 펼치려면 일단 몸을 편 채로 침을 흡수해야 하기에 몸이 굽어진 상태로는 불가능했다.

"끄으……."

진이는 허리라도 부러졌는지 몸이 굽어진 채로 신음만 흘리고 일어날 생각을 하지 못했다.

진삼은 그 모습을 보고 숨을 들이마셨다.

몸에 심어놓은 침이 일제히 체내로 빨려 들어가며 피의 순환이 빨라졌다.

"잠력을 격발시킨 순간 돌이킬 수 없다. 살 수 없다는 생각에 무모해지고 수비를 하지 않으니 강해진 것처럼 느껴지겠지."

무백은 딱한 표정으로 진삼을 쳐다봤다.

진이를 움직이지 못하게 만든 것은 물어볼 것도 있지만 일단 살려주기 위해서였다.

"진이가 잠력을 격발시켰다면 그런 말은 하지 못했을 것이다."

"그건 당신 생각이지."

"이런 기분이었구나."

진삼은 전신을 휘도는 강력한 힘에 도취되었다.

잠력을 격발시켰다고 해도 혈맥과 세맥들은 여전히 이전의 상태다. 그런 혈맥과 세맥을 이용해 원래보다 강력한 힘을 분출해 내니 몸이 견딜 리가 없었다.

그것이 진벽대법의 원리였다.

진삼은 그것을 모르고 있었다. 아니, 알고 싶지 않았을지도.

진삼이 꺼낸 무기는 검이었다.

무백으로선 더욱 안타까울 수밖에 없었다.

검을 익힌 사람은 진벽대법에 어울리지 않는다. 무백의 과거 경험상, 진벽대법은 단시간에 일정 단계를 건너뛰게 만들어주는 효과가 분명히 있었다.

그러나 그것은 권장을 익혔거나 빠른 성과를 보이는 창, 곤등일 경우에 한한다.

검은 잠력을 격발한다고 갑자기 엄청난 능력을 부여받거나 그러진 못했다. 그 당사자가 바로 무백이기에, 그래서 다른 의형들보다 오래 버틸 수 있었다.

휘류류—

진삼이 휘두르는 검에 경기가 실리며 하얀색 실이 흘러나왔다.

검강보다 한 단계 낮은 검사(劍絲)였다.

강기를 일으켜도 현재의 무백에겐 상대조차 될 수 없는데 검사로 상대하려고 있었다.

무백은 진삼이 다가올 때까지 기다려 주지 않았다.

스륵—

탄회하가 보법으로 펼쳐지며 진삼의 앞까지 한 번에 미끄러졌다.

놀라는 진삼의 눈을 보면서 무백이 손을 뻗었다.

쾅!

엉겁결에 휘두른 진삼의 검과 무백의 손이 부딪쳤다.

진삼의 손이 팔랑개비처럼 뒤로 젖혀졌고 무백은 빈 공간을 놓치지 않고 때려냈다.

쾅!

진삼의 어깨 한쪽이 흔들거리더니 그대로 자리에 무릎을 꿇었다.

굳이 보지 않아도 왼쪽 어깨가 부러졌음을 알 수 있었다.

"잠력격발이란 신체의 조화를 무너뜨려 어느 한곳에 힘을 집중시키는 수법이다. 즉, 신체가 조화를 이루지 못한 상태에선 또다시 무너뜨릴 것이 없어 아무것도 할 수 없게 된다는 뜻이다."

"……!"

진삼은 무백의 말을 믿고 싶지 않았다.

부서진 어깨 주위의 혈을 누르고 다시 검을 들어올렸다. 진기가 어깨 쪽으로 몰리지 않게 하면 된다는 생각에 조치를 취한 것이다.

그러나 애초에 두 사람 사이의 격차는 너무 컸다.

퍽!

무백의 손이 진삼의 머리에서 떨어졌다.

"고통은 없게 해줬다."

진벽대법으로 마지막 한 올까지 진기를 빨리면 어떤 고통이 찾아오는지 누구보다 잘 알기에 자비를 베푼 것이다.

무백의 시선이 천천히 폐가 쪽으로 돌아갔다.

"대단하군."

폐가 입구에 한 사람이 서 있었다.

흐린 벽색(碧色) 옷에 손에는 긴 물체를 들고서 사자가 무백에게 다가왔다.

진이와 진삼을 어떻게 상대하는지 모두 보고도 도망가지 않은 것이다.

"도망가지 않나?"

"후후후. 도망? 겨우 진벽군 둘, 그것도 중급도 못 되는 자들을 죽이고 기고만장하는군."

무백과 십 보 정도 떨어져 걸음을 멈춘 그는 다시 입을 열었다.

"아주 오래전에 네가 펼친 것과 비슷한 보법에 대해 들은 적이 있다. 탄회하라고 했던가?"

무백은 순간적으로 숨이 멎는 듯했다.

사자의 표정을 보니 아직 말이 끝난 것 같지 않았다.

"철저히 공격 위주의 권을 사용하는 자에겐 매우 유용한 보법이라고 하던가? 이를 테면, 탄궁일권 같은."

'이자. 강 형님에 대해 알고 있다.'

"그걸 사용한 자는 일권 이상 써본 적이 없다던가? 후후후."

"잘 아는군."

"네가 그 진전을 이은 거냐?"

"당신이 감시하고 있던 곳이 아니라 의외인가?"

이번엔 사자가 입을 다물었다.

무백은 그 모습에 더욱 확신이 강해졌다.

눈앞의 사내는 분명 아홉 의형에 대해 알고 있었다.

"드디어 그 금지된 무공을 익힌 자가 나타난 건가?"

"금지된 무공?"

"위에서 그렇게 정했다."

"그럼 다른 무공들도 있겠군. 이를 테면……."

"이를 테면?"

"미륵삼불해 같은."

"……!"

사자의 표정이 딱딱하게 굳었다.

금지된 무공에 대해 그보다 더 잘 알고 있는 것처럼 떠드는 자를 보게 될 줄은 몰랐다는 표정이었다.

"역시 알고 있어."

무백의 표정이 차갑게 변했다.

사자는 화가 난 것 같은 무백을 보며 고개를 갸웃거렸다.

"비각(秘閣)에서 일을 한번 해보지 않겠나?"

"비각이요?"

"지루한 일을 싫어한다고 들었다. 비각에 오면 훨씬 흥미로운 일들이 기다리고 있네."

"염탐이나 하는 일이라면 사양하겠습니다."

"염탐은 아니고 감시라고 해야겠지."

"그렇다면 사양……."

"겨우 삼 대째지만 세 분 모두 두려워하는 자들이지."

"역대 문주님들이 모두 두려워했다는 말씀입니까?"

"다른 쪽 수장들도 마찬가지일지도 모르고."

비각에서 일을 하게 된 직접적인 대화였다.

강호를 양분하고 있는 두 세력이 모두 두려워하는 존재를 감시한다니 이보다 더 흥미로운 일이 어디 있단 말인가?

"어디, 그 무시무시하다는 위력을 경험해 볼까? 자넨 어느 쪽을 익혔나? 탄궁일권? 미륵삼불해?"

사자는 푸른 천을 풀었다.

스르르.

푸른 천이 풀어져 바닥으로 흘러내리며 긴 창이 모습을 드러냈다.

"이건 창이 아니라, 청번(靑幡)이라는 물건이다. 신번천대

팔식(神幡天大八式)을 펼치기 위해 특별히 제작된 깃발이지.”

사자가 꺼낸 창을 회전시키자 네모난 깃발이 모습을 드러냈다.

“그런 것도 무기가 될 수 있는 모양이군.”

“처음 보는 건가? 의외군. 금지된 무공을 익힌 자들과 연관이 있을 줄 알았는데. 이 번은, 지난 십오 년 동안 금지된 무공을 익힌 자들의 머리를 잘랐지. 오늘, 한 명을 추가하게 돼서 얼마나 다행인지 모르겠다.”

청번 잠우.

외부엔 거의 알려지지 않았지만 비각 내에선 상당히 유명한 사냥꾼 중 한 명이었다.

“참고로 알려주면, 이 천은 천잠사를 짜서 만들었다. 또한 깃대는 묵철로 되어 있지.”

잠우는 자신의 병기에 상당한 애착을 갖고 있었다.

“그들은 어디 있지?”

“그들?”

“당신이 말하는 금지된 무공을 익힌 사람들.”

“후후후. 그거야 난 모르지. 죽이라면 죽이면 그만이니까.”

“…됐다.”

무백은 의형님들의 후손을 누군가가 쫓고 있다는 말에 격

정보다 안심이 됐다.

아직 그들이 살아 있다는 뜻이기 때문이다.

살아만 있다면, 그들이 살아만 있다면!

『무백』 2권에 계속…

FUSION FANTASTIC STORY

총수의 귀환
FUSION FANTASTIC STORY
총수의 귀환
텀블러 장편 소설